Uwe Goeritz

Im Zeichen des Löwen

Bibliografische Information der Deutschen Nationalbibliothek:

Die Deutsche Nationalbibliothek verzeichnet diese Publikation in der Deutschen Nationalbibliografie; detaillierte bibliografische Daten sind im Internet über http://dnb.dnb.de abrufbar.

© 2015 Uwe Goeritz

Coverbild: Uwe Goeritz / Marion Jana Goeritz

Herstellung und Verlag: BoD – Books on Demand, Norderstedt

ISBN: 978-3-7347-5911-6

Inhaltsverzeichnis

Im Zeichen des Löwen 7
   Der Blick von der Burg 8
   Ein neuer Herzog 12
   Alte Freunde 16
   Erinnerungen 20
   Der Aufruf des Papstes 24
   Auf dem Kreuzzug 28
   Ein König für alle 32
   Im Dorf der roten Erde 36
   In Italien 40
   Beschützt den Kaiser! 44
   Ein Siedlungszug 48
   Neue Nachbarn 52
   Der Kurier des Löwen 56
   Ein neuer Kampf 60
   Auf einem weiten Weg 64
   Gewissensentscheidungen 68
   Ein silberner Fluch 72
   Ein Kampf unter Brüdern 76
   Das Ende einer Burg 80
   Nach Hause 84
   Am Eingang des Klosters 88
   Eine Hochzeit 92
   Der Bruch der Freundschaft 96

Neue Wege 100

Im Zeichen des Löwen

Aus dem Dunkel der Zeit kamen die Menschen, denen wir unser heutiges Leben verdanken. Diese Geschichte spielt von 1147 bis 1163 im Volke der Sachsen in einem kleinen Dorf. Wolfgang und Heinrich kennen sich seit Kindertagen, doch nun ist einer, Heinrich, der Herzog und einer ein Bauer.

Kann ihre Freundschaft diese Kluft überbrücken? Wolfgang erwirbt sich in den vielen Kämpfen das Vertrauen seines Herzogs und darf das Banner mit dem Löwen im Kampf führen, doch der Kampf gegen das Volk der Slawen stellt diese Freundschaft auf immer neue Bewährungsproben. Kann Wolfgang, als halber Slawe, den Kampf gegen das Brudervolk mit seinem Gewissen vereinbaren?

Zusammen mit Karl ist er als Oberhaupt für die Geschicke des Dorfes verantwortlich. Zusammen mit seiner Frau Gisela, seinen Bruder Siegfried und den anderen Bewohnern im Dorf bewältigt er die täglichen Herausforderungen des Lebens in einer Zeit als aus dem Dorf langsam eine kleine Stadt werden will.

1. Kapitel

Der Blick von der Burg

Der Rabe kreiste über der Burg und schaute nach unten. Auf dem Turm der Burg stand ein Mann und schaute den Fluss entlang. Der Rabe drehte noch zwei Runden und setzte sich zu einem anderen Raben auf die Wetterfahne, ein paar Meter über dem Mann. Auf dem Turm öffnete sich knarrend eine Tür und eine Frau trat heraus. Sie kniff die Augen kurz zu als sie aus der Dunkelheit des Gemäuers trat und ging danach mit ein paar schnellen Schritten zu dem Mann.

Schweigend schauten die beiden Menschen, nun mit dem Fluss im Rücken, nach Westen. Die beiden Raben hatten längst bemerkt, dass es hier nichts für sie zu holen gab und flogen krächzend davon. Der Mann schaute den Raben hinterher und danach sagte er zu der Frau "Gisela, morgen kommt der neue Herzog hier in die Burg und danach können wir wieder Heim zu unseren Kindern." die Frau legte ihre Hand auf seinen Arm und sagte "Ja Wolfgang, nach der Feier brechen wir sofort auf." Zu lange war sie nun schon von ihren zwei Kindern getrennt, die bei ihrer Mutter lebten während sie hier auf die Ankunft des neuen Herzogs wartete. "Komm, lass uns hinunter gehen." sagte der Mann und wendete sich zur Tür. Die Frau warf noch einen Blick in die ferne Heimat und folgte dann ihrem Mann. Beim verlassen der Plattform zog sie die knarrende Tür hinter sich ins Schloss.

Auf dem Hof der Burg waren die letzten Vorbereitungen im vollen Gange. Fahnen wurden aufgehängt, Wimpel in Ketten gezogen und der Hof gefegt. Alles sollte so sauber wie möglich sein wenn der neue Herzog kommen würde. Am Fuße des Turmes traten die beiden auf den Hof. Sie hatten hier nichts zu tun, dass machte das Warten nur noch länger. Sie waren jetzt schon eine Woche hier und wollten eigentlich so schnell wie möglich wieder weg. Spätestens am Tag nach der Feier wollten sie wieder aufbrechen. Das Leben hier auf dieser Burg war nichts für die beiden. Zuhause arbeiteten sie noch mit ihren Händen und der Mann wusste nicht warum er hier eingeladen war. Aber die Bitte des Herzogs ausschlagen? Das ging nicht.

Sie versuchten sich nützlich zu machen, auch wenn das hier nicht gern gesehen wurde, schließlich waren sie ja Gäste. Gisela half in der Küche mit und Wolfgang im Stall bei den Pferden. Sie trennten sich im Hof und jeder ging wieder seiner Ablenkungsbeschäftigung nach. Wolfgang war nun 22 Jahre und Gisela 21 Jahre alt. Ihre beiden Kinder, drei und ein Jahr alt, waren bei Giselas Mutter im Dorf geblieben. Immer wieder dachte sie an die beiden aber sie hatte sie nicht mit hier her nehmen dürfen. Unter all den vornehmen Gästen auf der Burg fielen Gisela und Wolfgang schon durch ihre Kleidung auf. Die beiden waren zwar freie Bauern aber nicht so vornehm wie alle anderen hier. Daher versuchten beide den anderen Gästen, wo immer es ging, aus dem Weg zu gehen.

Gisela war in der Küche angekommen und setzte sich an die Feuerstelle. Die anderen Frauen in der Küche begrüßten sie und Gisela griff sich eine von den Gänsen, die noch gerupft werden musste. So konnte sie arbeiten, war abgelenkt und konnte gleichzeitig den Frauen helfen. Zwei weitere Frauen setzten sich zu ihr und nun rupften sie zu dritt eine ganze Menge Gänse. Die Federn sammelten sie in einem Sack neben sich. Sie unterhielten sich über die Kinder, das Wetter und die bevorstehende Feier. Niemand hätte den Unterschied zwischen Gisela als Gast und den anderen beiden als Küchenhilfen gesehen und Gisela gefiel das.

Wolfgang hatte die Tür des Stalls hinter sich geschlossen und ging den Knechten zur Hand. Er begrüßte sein Pferd, das den Kopf auf seine Schulter legte. Als der Stall ausgemistet war begann er sein Pferd sauber zu striegeln. Schwere körperliche Arbeit war er durch seine Tiere im Dorf gewöhnt. Für ihn war das Leben hier auf der Burg so etwas wie eine Erholungspause, aber er konnte sich immer noch nicht erklären warum er eine Einladung zu dieser Feier erhalten hatte.

Vielleicht klärte sich das ja am nächsten Tag auf, wenn der neue Herzog da war. Irgendein Grund musste es ja geben. Als er fertig war verabschiedete er sich von seinem Pferd und ging zu Gisela in die Küche der Burg. Die anderen Gäste des Herzogs hatten die Küche noch nie von innen gesehen und sie beiden gingen schon vom ersten Tag an dort aus und ein. Er war es einfach so gewöhnt und Gisela empfing ihn mit den Worten "Kannst du noch Feuerholz für die Küche holen." Also drehte er sich in der Tür wieder um und ging zurück zum Stall, neben dem das Feuerholz gelagert war.

Mit einem großen Bündel Holz trat er an das Küchenfeuer und legte ein paar Holzscheite nach. Das Halbdunkel der Küche wurde nur schwer durch das Kochfeuer und ein paar Talglichter erhellt. Durch die schmalen Fensteröffnungen fiel kaum Licht hinein, da sie zum Dunkel des Burghofes fielen, aber die Arbeiter in der Küche wussten auch so was sie zu tun hatten. Routiniert bereiteten sie das Abendessen für die Gäste und gleichzeitig das Essen für den Empfang am nächsten Tag zu.

Wolfgang und Gisela würden auch heute wieder in der Küche essen und nicht bei den anderen Gästen der Burg im Saal oben. Dort kam er sich immer fehl am Platz vor. Die Speisen wurden aus der Küche auf der Treppe nach oben getragen und dort auf den Tischen abgestellt. Bier und Wein wurde ausgeschenkt und alle langten kräftig zu. Nachdem im Saal alles wieder abgeräumt war setzten sich die

Küchenkräfte an einen der Tische in der Küche und aßen ihr Mahl, welches natürlich nicht ganz so prunkvoll ausfiel wie das der Herrschaften oben, aber dennoch sehr Nahrhaft und reichlich war. Die Reste des herrschaftlichen Essens wurden ebenfalls mit verspeist.

Mit einem Lachen und erzählen beschlossen sie den Tag bevor alle auf ihre Zimmer gingen. Wolfgang und Gisela gingen nach oben während die Küchenkräfte in dem Wirtschaftsgebäude am anderen Ende des Hofes ihr Zimmer hatten. Am nächsten Tag würde man sich wieder ganz früh zusammen in der Küche einfinden, lange bevor die Gäste des neuen Herzog aus ihren Betten aufgestanden waren.

2. Kapitel

Ein neuer Herzog

Noch bevor der Hahn gekräht hatte war schon wieder ameisenhafte Geschäftigkeit in der Burg. Hier musste eine Fahne glattgezogen und dort noch einmal gekehrt werden. Die Gäste hatten sich in ihre besten Gewänder gekleidet. So konnten Wolfgang und Gisela natürlich nicht mehr helfen, also mussten sie mit den anderen Gästen warten. Alle schauten auf den Trompeter auf dem Turm, der die Ankunft mit einen Signal ankündigen würde.

Ein leichter Wind kam durch das offene Burgtor und sorgte dafür, dass die Fahnen noch einmal glatt gezogen werden mussten. "Der Wind weht den letzten Staub vom Hof" sagte Wolfgang zu seiner Frau, eine andere Frau hatte den Staub in die Augen bekommen und rieb sich mit der Hand die Augen. Ein paar Kinder jagten einem Stofffetzen nach der durch die Luft flog.

Einer der Wachen fiel der Schild mit einem scheppernden Geräusch in den Burghof. Schnell hob er ihn wieder auf und lehnte ihn an die Mauer neben dem Tor. Der Burggraf lies die Wachen antreten und kontrollierte die Ausrüstung. Bei Zweien wurde noch einmal mit einem Tuch der Schild poliert und ein Rostfleck an der Ausrüstung beseitigt. Danach traten die Wachen beiderseits des Tores an und der Burggraf trat zu seinen Gästen.

Alle warteten, zum Glück war es in der Burg schattig und der Wind zog durch den Hof, sonst hätten die Wachen mit ihrer Ausrüstung nicht so lange dort stehen können. Die Sonne stieg immer höher am Himmel und der Trompeter auf dem Turm konnte immer noch nichts sehen.

Langsam zog die kleine Gruppe durch den Wald. Sie hätten schneller unterwegs sein können, wenn die Wagen nicht dabei gewesen wären. Immer wieder blieb einer davon stecken und dann mussten alle mit anpacken, selbst der Herzog, um ihn wieder auf den Weg zu bekommen. Der Herzog war von großer Statur und gerade einmal 18 Jahre alt. Mit seiner Körpergröße und Stärke tat er sich immer hervor aus der Gruppe seiner Begleiter. Es war nun schon fast Mittag, die Sonne stand hoch über ihnen, aber die Burg war immer noch nicht zu sehen.

"Das erste was ich machen werde ist neue Wege zu bauen." dachte sich der Herzog. "Wenn meine Reiter zum Kampf müssen können die nicht jedes Mal erst durch den Schlamm gehen. Das muss alles dann viel schneller gehen, wenn der König mal unsere Hilfe braucht." Vor ihnen tat sich der Wald auf und sie erreichten eine Furt. Auf der anderen Seite ragte die Burg auf dem Berg über den drei Flüssen in den Himmel. Von dort drüben wurden sie nun mit einem Trompetensignal begrüßt, dass auch denen in der Burg das Eintreffen des Herzogs signalisierte.

An der Spitze seiner Männer ritt der Herzog langsam den Burgberg hinauf und dann durch das Tor in die Burg hinein. Direkt vor den Gästen saß er vom Pferd ab und übergab einem Knecht die Zügel. Dieser führte das Pferd des Herzogs sofort in den Stall. Der Burggraf trat auf den Herzog zu und die beiden begrüßten sich. Danach ging der Herzog die angetretenen Wachen ab und begrüßte zum Schluss die Gäste.

Zusammen mit dem Herzog bat der Burggraf die Gäste nun in den Festsaal. Das Gefolge des Herzogs schloss sich den Gästen an, so dass nun fast hundert Personen die Treppe hinauf gingen und an den Tafeln Platz nahm. Wolfgang und Gisela gingen am Schluss der Gäste nach oben. Sie schauten sich an und Gisela bemerkte, dass Wolfgang immer noch nicht wusste, warum gerade sie hier als Gäste eingeladen waren.

Nachdem alle an ihrem Platz saßen erhob sich der Herzog und begrüßte die Gäste, dann rief der Burggraf die Mägde und Knechte mit dem Essen herein. Es wurde aufgetafelt, das die Tische fast unter dem Gewicht der Speisen zusammen brachen. Durch die lange Reise der Begleitung des Herzogs und das lange Warten der Gäste unten auf dem Hof waren alle hungrig und griffen sofort zu. Leere Teller wurde in die Küche getragen und volle wieder in den Saal zurück gebracht.

Nach dem Essen brachte der Burggraf einen Trinkspruch auf den Herzog aus, alle erhoben sich von ihren Plätzen und tranken auf das Wohl des neuen Herren. Der Burggraf verließ mit dem Herzog den Saal und alle setzten sich wieder. Nach mehr als einer Stunde kamen die beiden wieder. Alle Absprachen waren nun getroffen und es sollte noch bis weit in den Abend hinein gefeiert werden.

So wie es aussah würden Gisela und Wolfgang erst am nächsten Tag erfahren, warum sie eingeladen waren und sie würden damit auch erst am nächsten Tag zu ihren Kindern aufbrechen können. "Noch einen Tag warten." stöhnte Gisela leise und Wolfgang legte seine Hand auf ihren Arm. Es nützte alles nichts, sie mussten schon solange warten, bis der Herzog sie wieder entlassen würde. Nach vorn gehen und fragen wäre unhöflich gewesen und Wolfgang wollte den Herzog nicht schon am ersten Tag verärgern.

Er beobachtete den Herzog ganz genau, irgendwie kamen ihm die Bewegungen die er machte bekannt vor, aber er konnte sich nicht erinnern wo und wann er ihn gesehen hatte. Nun war er sich aber sicherer, dass es kein Zufall war, dass sie eingeladen waren. Er grübelte hin und her. Woher kannte er den Herzog? So viele Möglichkeiten gab es da ja nicht, aber es fiel ihm nicht ein. Er hoffte, das er noch vor dem Treffen mit dem Herzog die Antwort finden würde, denn es wäre bestimmt sehr peinlich, wenn er erst vom Herzog erfuhr woher sie sich kannten.

Gisela sah das Grübeln ihres Mannes, aber sie konnte ihm dabei nicht helfen. In der Zeit die sie zusammen lebten hatten sie den Herzog jedenfalls noch nicht gesehen, es musste also schon länger her sein. Wolfgang sah in Giselas Gesicht und bemerkte den fragenden Blick. "Also schon länger als fünf Jahre." beantwortete er die stumme Frage seiner Frau und diese nickte. Was war vor mehr als fünf Jahren gewesen? Es fiel ihm einfach nicht ein. Vielleicht wenn er das Wappen des Herzogs sah?

Wolfgang schlich sich aus dem Saal und ging die Treppe hinunter, über den Burghof hinüber zu den Ställen, wo auch das Pferd des Herzogs stand.

3. Kapitel

Alte Freunde

Langsam schob Wolfgang die Stalltür zur Seite. Ein paar Knechte rieben die Pferde trocken und versorgten diese in den Boxen. Wolfgang fragte einen von ihnen "Wo ist das Pferd des Herzogs und wo seine Ausrüstung?" Der Knecht kannte Wolfgang durch die gemeinsame Arbeit im Stall, sonst hätte er ihm bestimmt nicht verraten, dachte Wolfgang, dann zeigte der Knecht auf das Pferd ganz links im Stall und Wolfgang ging zu der daneben, auf einer Bank, liegenden Ausrüstung.

Er sah sich alles an, aber noch immer hatte er keine Idee woher er ihn kannte. Auch wollte er nicht zu offensichtlich die Sachen durchsuchen. Beim Zurücklegen fiel eine Tasche zu Boden und daraus fiel ein Handschuh. Offensichtlich war es kein Handschuh eines Mannes, sondern der einer Frau, so klein und zierlich war er. Der Herzog hatte ihn bestimmt als Erinnerungsstück behalten. Beim Aufheben blieb Wolfgangs Blick an dem darauf gesticktem Wappen hängen, plötzlich setzten sich alle Bilder zusammen und er wusste wieder woher sie sich kannten.

Er blickte auf und überlegte. Das war nun schon mehr als sieben Jahre her. Damals war er mit seinem Vater auf einer Burg, wo genau dieses Wappen, das Wappen der Welfen, auf der Fahne über dem Tor abgebildet war. Auch der kleine Junge mit dem er dort immer in der Umgebung der Burg gespielt hatte fiel ihm wieder ein. Heinrich war sein Name gewesen und er hatte immer einen kleinen, aus Holz geschnitzten, Löwen bei sich gehabt.

Ein Löwe war auch auf der Fahne des neuen Herzogs gewesen. Der kleine Junge war damals, mit etwa zwölf Jahren, beim Spielen im Wald in einen Graben gefallen und Wolfgang hatte ihm damals geholfen da wieder raus zu kommen. Er hatte ihn damals auch seine Verletzung verbunden und in die elterliche Burg zurück getragen. Heinrichs Mutter hatte ihm damals dafür gedankt und sie hatte damals genau diese Handschuhe getragen. Wolfgang packte den Handschuh zurück in die Tasche, verschloss diese und legte sie auf die Bank zurück.

Das sich Heinrich nach so langer Zeit noch daran erinnerte? Offenbar schon, sonst hätte er Wolfgang ja nicht eingeladen. Er räumte alles wieder sorgfältig zusammen, bedankte sich noch einmal bei dem Knecht und ging in den Saal zurück. Seine Frau sah, dass er gefunden hatte wonach er gesucht hatte und er beantwortete auch diese stumme Frage seiner Frau "Es ist Heinrich, den ich damals aus dem Graben geholfen habe. Ich hatte dir doch von ihm erzählt. Erinnerst du dich?" Gisela nickte verstehend und sah zum Herzog hinüber.

Am Ende der Feier, als die meisten Gäste bereits gegangen waren, kam der Herzog zu Gisela und Wolfgang herüber. Die beiden Männer begrüßten sich mit einem Handschlag und Wolfgang sagte "Weit hast du es gebracht Heinrich. Nun bist du mein Herzog." der nickte und begrüßte nun auch Wolfgangs Frau.

Die beiden Männer unterhielten sich über die alten Zeiten und lachten beide beim Gedanken an den Graben. Später verabschiedete sich Wolfgang von Heinrich, da er am nächsten Morgen sehr früh aufbrechen wollte. Zusammen mit Gisela verließ er den Saal und ging auf sein Zimmer. Sie räumten noch ihre Sachen für den nächsten Tag zusammen dabei fragte Gisela "Was wird sich für uns ändern, wo doch nun dein alter Freund unser Herzog ist?" Wolfgang überlegte kurz und antwortet dann "Vermutlich nicht viel. Er wird hier in Meißen oder in Braunschweig bleiben und wir in unserem Dorf. Falls es Krieg geben würde, was Gott verhüten möge, wird mich Heinrich bestimmt zu sich rufen."

In dieser Nacht schlief Wolfgang schlecht. Was wäre wenn Heinrich wirklich Krieg führen würde? Der alte Herzog hatte eine lange Zeit des Friedens gebracht, aber der junge und starke Heinrich? Es war bestimmt kein Zufall, dass er zum Herzog der Sachsen gemacht worden war. Sie lebten hier an der Grenze zu den Sorben, er selbst lebte mit ihnen zusammen im selben Dorf und seine Frau war auch eine Sorbin, sollte Heinrich das Land des Königs erweitern helfen? Es blieb nur abzuwarten, wie sich die Dinge weiter entwickelten.

Noch vor dem Hahnenkrähen brachen Gisela und Wolfgang auf in ihr Heimatdorf. Heinrich schaute von oben aus einem Fenster auf den Hof hinunter und als sich Gisela auf dem Pferd umsah hob er die Hand und winkte hinunter. Gisela rief ihren Mann der vor ihr ritt, der wandte sich um und winkte zu Heinrich hoch, bevor er durch das Tor nach draußen ritt. Als die beiden die Burg verlassen und genügend weit weg waren erzählte Wolfgang Gisela von seinen nächtlichen Befürchtungen. Diese nickte und antwortete "So etwas ähnliches habe ich mir auch gedacht. Wir hatten lange Frieden mit unseren Nachbarn aber nun? Was wird nun werden. Wenn ich so darüber nachdenke bekomme ich richtige Angst."

Die beiden ritten schweigend nebeneinander durch den Wald. Sie würden bestimmt bis zum Abend brauchen um ihr Dorf zu erreichen. Gisela dachte an ihre Kinder. Sollten diese in Kriegszeiten aufwachsen müssen? Vielleicht auch noch ohne den Vater? Sie hoffte, dass es nicht so weit kommen würde, aber sie war sich auch nicht sicher, wie es weiter geht. Der Herzog hatte nichts von Krieg gesagt auf dem

Empfang, aber würde man ein neues Amt mit so einer Drohung beginnen?

Bei Nossen bogen sie ab und folgten der Mulde zu ihrem Heimatdorf. Der kleine Fluss strömte langsam durch das Tal dahin, das Tal mit den sanften Hügeln zu beiden Seiten. Der Wald war dort so dicht, das nur auf dem Weg neben den Fluss ein vorwärtskommen möglich war. Der Weg war teilweise so schmal, das sie hintereinander reiten mussten. Wolfgang ritt vornweg und Gisela folgte ihrem Mann. Die Sonne stand schon hoch am Himmel als sie endlich die vertraute Gegend wieder sahen.

Auf halbem Wege zwischen Nossen und ihrem Dorf kam ihnen Wolfgangs Bruder Siegfried entgegen, der als Händler auf dem Weg nach Nossen war, um Waren einzukaufen. Siegfried war ein Jahr jünger als Wolfgang, er hatte sich durch seine ehrliche Art ein großes Vertrauen bei ihnen im Dorf erworben. Wolfgang und Siegfried begrüßten sich herzlich, Wolfgang erzählte von seinem Treffen mit dem Herzog, seinem alten Freund, und nach diesem kurzen Gespräch machten sich alle auf ihren jeweiligen Weg. Sie wollten alle noch vor Einbruch der Dunkelheit an ihrem Ziel sein.

4. Kapitel

Erinnerungen

Die Großmutter saß mit ihren zwei Enkeln und ein paar anderen Kindern aus dem Dorf an der Feuerstelle. Mit ihren 45 Jahren war sie eine der ältesten Frauen des Dorfes. Ihre beiden Enkel, ein und drei Jahre alt, waren gern bei ihr. Die meisten Dorfbewohner waren auf dem Feld und hatten die Kinder bei den Alten zur Betreuung gelassen. Die Großmutter nahm einen Schluck aus dem Becher und dann begann sie zu erzählen.

"Es ist schon mehr wie hundert Jahre her. Ich habe diese Geschichte von meiner Großmutter und diese hat die Geschichte wieder von ihrer Großmutter erfahren. Vielleicht ist es wahr oder es ist nur ein Märchen, keiner kennt die Antwort. Damals lebten in unserem Dorf nur Sorben und die Sachsen waren noch weit weg.

In unserem Dorf lebte eine wunderschöne Frau mit Namen Swetlana. Sie war die Tochter des Sorbischen Stammesführer Russlav. Sie lebte auf der Burg hier oberhalb unseres Dorfes. Ihr müsst wissen das dort oben, wo heute nur Wald ist und niemand hingehen darf, einst eine stolze Burg stand.

Eines Tages kam ein sächsischer Händler mit Namen Siegfried in unser Dorf. Als er Swetlana sah verliebte er sich sofort in sie und sie sich in ihn. Doch wie konnte diese Liebe gut gehen wo sie doch in so unterschiedlichen Völkern lebten?" die Großmutter nahm wieder einen Schluck aus dem Becher, legte ein paar Holzscheite in das Feuer und setzte ihre Geschichte fort.

"Sie hielten ihre Liebe geheim und Siegfried war nun ganz oft in unserem Dorf zu Gast. Der Frieden währte aber nicht lang und die Sachsen wollten das Land der Sorben erobern. Auch Siegfried musste in den Krieg ziehen. Sie kamen von Meißen und zogen die Mulde herauf. Die Burg über unserem Dorf war direkt über dem Fluss und niemand kam an ihr vorbei.

Auf zwei Seiten war Felsen und an den anderen beiden Seiten undurchdringlicher Urwald. Russlav konnte von dort oben mit Pfeilen und Steinen verhindern, das die Sachsen an ihm vorbeizogen. Fast einen Monat lang lagen sich die beiden Kriegsparteien nun schon gegenüber. Das sächsische Heer unten an der Mulde und Russlav mit seinen Kriegern oben auf der Burg.

Swetlana hatte an den Fahnen bemerkt, dass auch Siegfried mit bei den sächsischen Kriegern war. Sie schlich sich aus der Burg um ihn zu treffen. Gemeinsam ersannen sie einen Plan, wie die Burg kampflos und ohne Verluste eingenommen werden konnte.

Swetlana schlich wieder in die Burg und Siegfried informierte seinen Heerführer im Lager unten. Als nun die Nacht hereinbrach machten sich die sächsischen Krieger bereit. Swetlana brachte den Wachen am Tor der Burg einen Krug Wein, in dem sie ein Schlafmittel gegeben hatte. Als die Wachen schliefen öffnete sie das Tor und gab mit einer Fackel ein Zeichen. So." dabei nahm die Großmutter ein brennendes Scheit aus dem Feuer und beschrieb damit einen Kreis. Dann legte sie dieses Scheit in das Feuer zurück und setzte die Erzählung fort.

"Als die Sachsen in der Burg waren nahmen sie die Sorben gefangen und führten sie in ihr Lager am Fuße der Burg. Als der Letzte die Burg verlassen hatte setzte ein schlimmes Gewitter ein und ein Blitz entzündete die Burg, die vollkommen niederbrannte. Jede der Seiten hielt dies für ein göttliches Zeichen, dass dieser Platz verflucht war. Niemand hat dort wieder ein Haus gebaut oder etwa die Burg wieder aufgebaut.

Swetlana und Siegfried lebten danach viele Jahre in unserem Dorf. Unten am Fluss waren die Häuser der Sorben und hier oben die Häuser der Sachsen, die in unser Dorf gezogen waren. In der Mitte, da wo ein alter sorbischer Kultplatz war, bauten sie gemeinsam eine Kirche. Langsam wuchsen die beiden Hälften des Dorfes zusammen.

Nun bauen wir hier neben der Kirche die ersten Häuser aus Stein. Dieser Stein stammt von dem Felsen auf dem einst Russlavs Burg stand. Der Name unseres kleinen Dorfes kann von diesem Russlav kommen oder aber auch von dem roten Lehm mit dem wir unsere Häuser winddicht gemacht haben. Ihr kennt ja unsere roten Häuser?" der ältere der beiden Enkel nickte. Der rote Lehm war ihm bekannt. "Ob unser Dorf den Namen Roßwein nun von Russlav oder von diesem roten Lehm bekam kann euch heute keiner mehr sagen und das obwohl es gerade mal hundert Jahre her ist."

In diesem Moment öffnete sich die Tür und Gisela trat in die Hütte. Wolfgang brachte die Pferde in den Stall. Sie begrüßte ihre Mutter und umarmte ihre beiden Kinder. Zu ihrer Mutter sagte sie "Du erzählst wohl schon wieder unsere Familiengeschichte?" diese nickte und sagte "Sie ist in doppelter Hinsicht die Geschichte unsere Familie. Swetlana und Siegfried waren unsere Vorfahren und du als Sorbin hast mit Wolfgang wieder einen Sachsen geheiratet." "Ja, die Geschichte wiederholt sich offenbar immer wieder." sagte Gisela und drehte sich zu ihrem Mann um, der gerade die Hütte betrat.

Wolfgang begrüßte seine Schwiegermutter und diese verabschiedete sich danach von den beiden. Gisela wollte ihre Mutter noch zu deren Haus begleiten und trat mit ihr aus der Hütte, während Wolfgang sich um die beiden Kinder kümmerte. Die beiden Frauen gingen aus dem sächsischen Teil des Dorfes, an der Kirche vorbei in den sorbischen Teil, der sich unten am Fluss befand.

Gisela erzählte von der Feier, der Burg und dem neuen Herzog. Sie sah sich im Dorf um. Rings um waren Berge, das Dorf lag in einem sanften Talkessel der von dem kleinen Fluss durchströmt wurde. Nur an zwei Stellen, direkt den Fluss entlang, konnte man in das kleine Tal gelangen. Sie dachte noch einmal über die Tat Swetlanas nach, über die sie schon so viel gehört hatte. Durch sie gab es in ihrem kleinen Dorf ein richtiges Zusammenleben zwischen Sorben und Sachsen. Die Familien vermischten sich immer mehr. Nur am Aussehen konnte man die beiden Völker hier noch auseinander halten. Zur Kirche im Zentrum des Dorfes gingen alle aus dem Dorf. Die Sorben hatten sich schon lange taufen lassen.

Das Haus der Mutter lag unweit einer kleinen Furt an der man auf die andere Seite des Flusses kommen konnte. Da es dort drüben aber keine Straßen oder Wege gab konnte man nur zur Jagd oder zum Fischfang auf die andere Seite wechseln. Gisela sah ihren alten Nachbarn an dieser Furt stehen, mit einer Angel in der Hand. Sie grüßte ihn mit einem Zuruf und er nickte zurück, dann ging Gisela wieder in ihr Haus zurück zu ihren Kindern.

.

5. Kapitel

Der Aufruf des Papstes

Es war das Jahr 1147. Seit dem Treffen mit Heinrich waren einige Monate vergangen, die weitestgehend friedlich geblieben waren. An einem Sonntag machte sich das ganze Dorf daran zur Kirche zu gehen, so wie es jede Woche gemacht wurde wenn nicht gerade die Ernte ausstand. Vor der Kirche trafen sich Wolfgang, Gisela und Giselas Mutter bevor sie hineingehen wollten. Eine seltsame Stimmung lag über dem Dorf. Etwas nicht Greifbares und doch gefährliches.

Nach dem Beginn der Andacht verkündete der Pfarrer, das der Papst zum Kreuzzug aufgerufen hatte und ihr Herzog festgelegt hatte, das der Kreuzzug der Sachsen nicht ins Heilige Land nach Süden, sondern zu den Wenden und Sorben nach Norden gehen sollte. Gisela und Wolfgang sahen sich an. Ihre schlimmsten Befürchtungen waren wahr geworden. Es sollte Krieg geben und vermutlich ging dieser schon in den nächsten Wochen los, wenn es sogar in der Kirche schon verkündet wurde.

Beim Gottesdienst herrschte eine betretene Stille. Alle sächsischen Männer würden zum Kriegsdienst gerufen werden. Nur die sorbischen würden im Dorf bleiben. Nach dem Kirchbesuch beeilten sich alle so schnell wie möglich nach Hause zu kommen. Die Ausrüstung, die sie nun schon seit Jahren nicht mehr gebraucht hatten, musste überprüft und gegebenenfalls beim Schmied repariert werden.

Obwohl heute Sonntag war heizte der Schmied sein Schmiedefeuer an und machte sich für die sicher kommenden Aufträge und Reparaturen bereit. Auch Wolfgang hatte kleinere Dinge zu reparieren und so trafen sich die Männer des Dorfes an diesem Sonntag nach dem Gottesdienst nicht in der Schänke sondern beim Dorfschmied. Insgeheim hatte jeder Angst vor dem Kampf doch nach außen gaben sich alle mutig und entschlossen. Das sie dabei gegen die Sorben, und damit vielleicht gegen Verwandte, in den Kampf ziehen würden verdrängten sie an diesem Tage ebenfalls.

Am nächsten Tag traf ein Melder aus Meißen im Dorf ein und fragte sich bis zu Wolfgangs Haus durch. Da Wolfgang die Kämpfer des Dorfes anführte hatte er diesen Reiter schon erwartet. Gemeinsam mit ihm ritt Wolfgang nach Nossen und von dort auf die Burg nach Meißen. Von dort aus wollte Heinrich am nächsten Tag zu Absprachen mit den anderen Fürsten aufbrechen. Er begrüßte Wolfgang auf dem Hof der Burg, als dieser sein Pferd in den Stall brachte.

Mit seiner Begleitung und Abordnungen von Kämpfern aus fast allen Dörfern zogen sie am nächsten Tag nach Sonnenaufgang los, die Elbe entlang nach Norden. Sie blieben über Nacht in Bernburg und zogen von dort mit einer größeren Gruppe nach Magdeburg weiter, wo sie am Abend des darauf folgenden Tages eintrafen. Der Bischof von Magdeburg und der Herzog von Sachsen sollten jeweils einen Teil des Heeres führen die von ihren Bereichen nach Nordosten vorstoßen sollten.

Die Abstimmung der beiden Angriffe war ein zähes Ringen der beiden Führer. Ein jeder wollte einen möglichst großen Anteil an der Besiegung haben und so wurde man sich lange nicht einig. Erst nach einer Woche hatte man sich auf einen Angriffstermin geeinigt und brach wieder auf, um die Heer zu sammeln und auf die Ausgangsposition zu bringen. Über Bernburg und Meißen ritt Wolfgang wieder in sein Dorf zurück.

Dort wurde er schon von den Männern des Dorfes erwartet. Er brachte sein Pferd in den Stall und begrüßte seine Frau. Danach ging er zu den Männern, die sich schon in der Schänke versammelt hatten. Von Heinrich hatte er den Termin und den Sammelplatz erhalten und beides gab er nun bekannt. Es blieb ihnen eine Woche um den Platz in der Nähe der Burg von Meißen zu erreichen. Sie hatten es nicht so weit, andere Sachsen hatten einen weiteren Weg, und so konnten sie noch ein paar Tage in ihrem Dorf bleiben.

In den verbleibenden zwei Tagen kontrollierte Wolfgang noch einmal die Ausrüstung seiner Männer und lies ein paar Übungen auf einer Wiese durchführen. Er wollte ja alle, wenn nur irgend möglich, wieder lebend und unverletzt mit aus dem Kreuzzug zurück in ihr Dorf bringen.

Am Morgen des dritten Tages verabschiedeten sich die Männer von ihren Familien und Wolfgang lies alle auf dem großen Platz vor der Kirche zusammenkommen. Er wartete bis der letzte eingetroffen war, dann saßen alle auf und ritten los. Die Familien waren an den Rand des Platzes gekommen und winkten den Männern zu. Sie würden danach in die Kirche gehen um für die sichere Heimkehr der Männer, Brüder und Söhne zu beten.

Wolfgang und Siegfried ritten voran und die etwa dreißig Kämpfer des Dorfes folgten ihnen. Schnell kamen sie vorwärts und noch vor dem Abend hatten sie den Sammelplatz erreicht. Wolfgang meldete seine Männer beim Herold an und ritt dann alleine weiter zur Burg. Innerhalb der Burg war ein genau so geschäftiges Treiben wie auf dem Sammelplatz unterhalb der Burg. Heinrich hatte seine Löwenbanner aufgestellt und unter dem Zeichen des Löwen und des Kreuzes wollte er diesen Kreuzzug führen.

Für den nächsten Morgen war ein Gottesdienst auf der Freifläche vor dem Sammelpunkt angesetzt worden und der Bischof von Meißen würde diese abhalten. Danach wollte Heinrich sein Banner vor das Heer tragen und die Kämpfer auf sich einschwören lassen. Mit diesen Informationen ritt Wolfgang wieder zu seinen Männern zurück.

Am Abend saßen alle am Feuer. Wolfgang sah in den Augen seiner Männer die Unsicherheit. Es waren bisher friedliche Zeiten gewesen und keiner von ihnen hatte Erfahrungen im Kampf. Die regelmäßigen Übungen waren nur Übungen gewesen. Keiner wusste was auf sie zu kam. Wie stark waren die Sorben? Würden sie sich wehren? Bestimmt! Und wie lange würde der Kampf dauern? Alle diese Fragen sah er in den Augen seiner Männer und er selbst konnte sie für sich auch nicht beantworten.

Sie konnten nur abwarten was passieren würde und das viele drüber nachdenken war nicht gut für den Mut seiner Kämpfer. Wolfgang schickte darum alle, bis auf die Wachen, in die Zelte damit sie am nächsten Morgen zum Gottesdienst fit und ausgeruht sein würden. Während seine Männer schon schliefen saß er bei der Wache am Feuer und sah, dass immer noch sächsische Kämpfer aus anderen Teilen des Landes eintrafen, die vom Herold auf die Zelte verteilt wurden. Bis zum Morgen würden alle da sein. So hatte es Heinrich verlangt.

6. Kapitel
Auf dem Kreuzzug

Die letzten Kämpfer waren bei Sonnenaufgang eingetroffen, als Wolfgang seine Krieger gerade aus den Zelten holte. Pünktlich so wie Heinrich es verlangt hatte war nun das gesamte Heer versammelt. Nach dem Anlegen der Ausrüstung trat das Heer auf der Lichtung an. An drei Seiten waren die Männer aufgestellt und an der Vierten Heinrich mit seinem Banner und der Bischof der den Gottesdienst leitete.

Nach dem Einschwören des Heeres auf das Banner und auf Heinrich den Löwen brachen sie alle auf. Wolfgang bemerkte schnell, das zwar der Termin des Aufbruchs stimmte, aber nicht die Richtung. Er war ja in Magdeburg dabei gewesen und kannte den Plan, aber diese Richtung war so offensichtlich falsch, dass er sich sicher sein konnte, dass Heinrich seinen eigenen Plan verfolgte. Der Bischof von Magdeburg, wenn er sich denn an den Plan halten würde, würde damit das sorbische Heer auf sich ziehen, während Heinrich seinen sächsischen Teil des Landes auf Kosten der Sorben an der Oder und nördlich der Elbe vergrößern würde.

Sie zogen nach Norden und vereinigten sich mit Teilen des polnischen Heeres, danach marschierte das Heer in das sorbische Gebiet hinein. Am Anfang waren die Wege gut und sie kamen schnell voran, aber nach und nach wurden es Feld- und Waldwege in einem Gebiet mit vielen Seen und Sümpfen. Immer umschwärmt von unzähligen Mücken, die sich auf die Krieger stürzten und peinigten wo immer die Kämpfer auch hinkamen.

Sie waren schon länger als eine Woche unterwegs und hatten noch keinen einzigen bewaffneten Sorben gesehen. Offenbar ging Heinrichs Plan auf. Immer weiter kamen sie nach Norden und immer mehr sorbische Dörfer wurden sächsisch. Immer mehr Sorben wurden getauft und schwuren ihren alten Göttern ab. Je weiter sie aber vordrangen desto mehr Widerstand war zu spüren.

Kleinere Sorbische Kräfte stellten sich ihnen in den Weg und die Sachsen mussten nun auch kämpfen. Die Übermacht des sächsischen Heeres war aber für größere Kämpfe einfach viel zu erdrückend. Zwar erlitten die Sachsen auch Verluste durch die Kämpfe aber da sie viel mehr Kämpfer als die Sorben hatten konnten sie die viel leichter ausgleichen. In einigen kleineren Kämpfen konnte sich Wolfgang bewähren, aber er hatte auch schon drei seiner Kämpfer, was ja gut ein Zehntel war, durch sorbische Pfeile verloren.

Heinrich machte sich durch seinen Mut und die Entschlossenheit mit der er bei den Kämpfen nach vorn stürmte bei seinen Kriegern einen guten Namen. Wo auch immer sein Löwenbanner auftauchte flohen die Sorben sofort vom Feld. Heinrich war dabei oft an der Spitze der Männer in die Schlacht geritten. An einem Tag ritten Wolfgang und Heinrich nebeneinander in den Kampf und Wolfgang konnte sich von der Kraft Heinrichs überzeugen. Er riss die Kämpfer mit sich mit und stürmte in die Reihen der Feinde hinein.

Es gelang Heinrich bei all seiner Entschlossenheit aber nicht den Großteil des sorbischen Heeres zu stellen. Geschickt wichen die Kämpfer immer wieder aus, um dann später wieder anzugreifen. Diese schnellen Angriffe zermürbten die Sachsen. Trotz ihrer Übermacht konnten sie nur durch die Taufen der Sorben Erfolge verzeichnen und Heinrich sicherte sich große Teile des sorbischen Gebietes als sein Land.

Durch das Belagern der Fluchtburgen, in die sich die Sorben zurückgezogen hatten, banden sie sächsische Kräfte und hielten diese so lange auf, bis die Friedensverhandlungen zwischen den Kriegsparteien beendet waren. Nach dem Taufen der meisten Sorben und dem Zerstören der heidnischen Heiligtümer war für den Kreuzzug keine Notwendigkeit und auch kein Anlass mehr gegeben. Die Sorben wurden Christen und schwuren ihren alten Göttern ab. Nur am Ufer der Ostsee und auf der Insel Rügen blieben viele ihrem alten Glauben treu.

Nach nur drei Monaten war der Kampf für die Sachsen vorbei und sie zogen wieder zurück in ihre eigenen Gebiete. Noch vor dem Einbruch des Winters wollte Heinrich wieder alle seine verbliebenen Kämpfer in ihren Dörfern haben. Wolfgang hatte zwar nicht viel gekämpft in den drei Monaten des Kreuzzuges, aber er hatte wichtige Erfahrungen sammeln können. Was für ihn aber am wichtigsten war, er war unverletzt geblieben und sein Bruder Siegfried ebenfalls.

Nachdem sich das Heer wieder aufgelöst hatte zog er mit seinen verbliebenen Männern wieder in das Dorf zurück. Durch den Kreuzzug waren viele Hände bei der Ernte nicht dabei gewesen und die Frauen, zusammen mit den sorbischen Männern des Dorfes, hatten die Hauptlast der Erntearbeit zu tragen gehabt. Als Wolfgang wieder zu seiner Gisela nach Hause kam fiel diese ihm um den Hals und danke Gott, dass ihr Mann unverletzt und gesund wieder zurück war. Beide hofften, dass nun, da die nördliche Grenze gesichert war, die kriegerischen Absichten Heinrichs gestillt waren.

In den nächsten Monaten sicherte Heinrich seine Eroberungen von seiner Residenz in Braunschweig aus. Wolfgang sah ihn nach dem Auflösen des Heeres lange Zeit nicht mehr. Zur Sicherung seiner

Herrschaft im Norden brauchte er nun Geschick und nicht mehr die Stärke des Heeres. Trotz des offensichtlichen Friedens sorgte Wolfgang dafür, dass seine Männer das einmal gelernte nicht wieder vergessen würden. Regelmäßige Übungen wurden nun zur Pflicht in ihrem Dorf. Auch auf die Ausrüstung legte Wolfgang wert. Mehr als einmal hatte ihn sein Kettenhemd vor den Pfeilen der Feinde bewahrt.

Nur durch Übung, Geschicklichkeit im Kampf und eine gute Ausrüstung konnten sie im Krieg am Leben bleiben. Jeden Sonntag nach der Messe, zu der Zeit als noch vor wenigen Monaten die Männer sich in der Schänke trafen, traf man sich nun zum Ausritt auf den Felder der Umgebung. Oft sahen die Frauen und Kinder zu und es wurde eine Art von Sonntagsspektakel für alle im Dorf. Die Kinder freuten sich, wenn einer der Männer vom Pferd fiel und die Frauen sorgte sich und versorgten danach kleinere Wunden.

Durch all diese Übungen wurden seine dreißig Kämpfer richtig gut im Gebrauch der Waffen und Pferde geschult. Das würde ihnen bestimmt später mal nutzen und es sprach sich auch bis nach Meißen herum, was Wolfgang in seinem Dorf so alles Tat. Sein Ansehen wuchs dadurch auch beim Bischof von Meisen und wo immer es einen Rat zu fällen gab wurde Wolfgang gern gehört. Seine offene und ehrliche Art, sowie seine Nähe zu Heinrich taten da ein Übriges.

7. Kapitel

Ein König für alle

Seit dem Kreuzzug waren fünf Jahre vergangen. Fünf Jahre in denen Wolfgang und die Seinen in Frieden leben konnten. Durch die Übungen war auch Heinrich wieder auf seinen alten Freund aufmerksam geworden. Lange hatte sie sich nicht mehr gesehen als Wolfgang wieder auf die Burg nach Meißen gebeten wurde. Der Bischof überreicht ihm dort einen Brief Heinrichs, in dem Wolfgang und Gisela zur Krönung Friedrichs zum König in Aachen eingeladen wurden. Der Tross des Bischofs würde sich noch in dieser Woche auf den Weg machen.

Wolfgang ritt schnell zu seiner Frau und gemeinsam mit Siegfried ritten sie nach Nossen, wo sie sich dem Zug des Bischofs anschließen wollten. Siegfried nahm Giselas Pferd wieder mit zurück in das Dorf, da sie in einem Wagen etwas bequemer reisen würde. Heinrich würde dann unterwegs zu dem Zug dazu stoßen und sie bis nach Aachen begleiten.

In einer Schänke in Nossen warteten die beiden auf den Wagenzug. Sie würden bestimmt lange unterwegs sein und ihre, nunmehr vier, Kinder waren bei Giselas Mutter im Dorf geblieben. Als sie abends in der Schänke am Tisch saßen vermissten sie diese bereits und sie waren doch erst einen Tag von ihnen getrennt. Die Einladung Heinrichs auszuschlagen ging aber nicht. So eine Einladung war kein Spaß, sondern eine Pflicht, der sie nachgehen mussten. Sie waren die letzten, die aus der Schänke auf ihr Zimmer gingen und sie waren spät im Bett. Noch waren sie nicht weit weg von ihrem Dorf und alles war noch vertraut.

Am nächsten Morgen hielt der Tross des Bischofs in dem kleinen Ort. Zusammen mit den eingeladenen Gästen aus Nossen gingen die beiden zum Bischof und meldeten sich dort an. Gisela setzte sich in einen der Wagen, zu ein paar anderen Frauen, und Wolfgang ritt mit dem Pferd bei der Begleitmannschaft mit. Hier fühlte er sich besser aufgehoben als bei den Edlen und feinen Gästen des Bischofs. Einige der Kämpfer kannte er noch vom Kreuzzug, doch es waren auch ein paar neue dabei.

Es ging über einen weiten Weg nach Magdeburg, wo sich wieder ein neuer Tross, diesmal der des Bischofs von Magdeburg und des Bischofs von Bernburg, mit ihren Zug vereinte. Es wurden immer mehr in ihrem Zug und so machten sie sich auf den Weg am Harz vorbei nach Braunschweig, wo Heinrich schon auf sie wartete. Von dort aus ging es ohne weiteren Halt nach Aachen. Die Anzahl der Personen in ihrem Wagenzug war so groß, dass sie abends nicht mehr in den Schänken unterkommen konnten, sondern das jeden Abend ein Lager mit Zelten für sie errichtet werden musste.

Gisela verstand sich gut mit den Frauen und ging auch den mitreisenden Mägden gern zur Hand. Wolfgang versorgte die Pferde und baute auch die Zelte mit auf. So hatten beide wieder eine Beschäftigung. In Aachen waren schon viele Menschen eingetroffen und am 9. März 1152 wurde Friedrich Barbarossa von Erzbischof in der Aachener Münsterkirche zum König gekrönt. Wolfgang und Gisela mussten wegen des großen Andrangs vor der Kirche warten und jubelten mit all den anderen vor der Kirche dem neuen König zu, als dieser zurück auf die Straße kam.

Nach der Königswahl würden Heinrich und Friedrich durch das Land reisen. Wolfgang und Gisela wollten noch etwas in Aachen bleiben und danach selbst in ihr Dorf zurückkehren. Diese große

Stadt faszinierte die Beiden. So viele Häuser aus Stein. Die beiden Besucher schlenderten durch die Gassen der Stadt die nun, nach dem der König die Stadt verlassen hatte, wieder sehr viel ruhiger geworden war.

Nach drei Tagen brachen sie dann wieder auf. Sie hatten ein paar Geschenke für ihre Kinder gekauft und am Morgen, nach dem Öffnen der Stadttore, brachen sie auf. Für Gisela hatte Wolfgang ein Pferd geholt, es war ein wunderschöner Schimmel der Gisela sofort gefiel, da sie ihres ja im Dorf gelassen hatte. Gemeinsam ritten sie den weiten Weg wieder zurück. Abends blieben sie in den Schänken am Wegesrand und tagsüber versuchten sie immer so weit wie möglich zu kommen.

Trotz der Eile waren sie fast zwei Wochen unterwegs. Sie mussten einmal quer durch das ganze Reich, von der einen Seite zur anderen. Anfang April, genau rechtzeitig zur Aussaat, sahen sie ihr Dorf wieder vor sich liegen. Jetzt wo sie die Häuser sehen konnten ritten sie noch viel schneller. Zuhause angekommen stürmte Gisela in die Hütte und umarmte ihre Kinder, die sie ja nun schon fast zwei Monate nicht mehr gesehen hatte. Sie bedankte sich bei der Mutter für die Hilfe und packte die Geschenke aus, die sie in der großen Stadt für die Kinder gekauft hatten.

Als die beiden Frauen die Hütte verließen sah Giselas Mutter das prächtige Pferd, das Wolfgang gerade in den Stall brachte. So ein schönes Pferd hatte sie noch nie gesehen. Zu Gisela gewandt sagte sie "Du weißt, das, der Sage nach, auch Swetlana ein solch schönes weißes Pferd hatte." Gisela nickte und entgegnete "Wolfgang hat es mir in Aachen gekauft und es ist wirklich wunderschön. Aber die Geschichte wird sich nicht in allen Teilen wiederholen, da bin ich mir sicher." Als Wolfgang in die Hütte gegangen war gingen die beiden

Frauen zuerst in die nahe Kirche und dankten Gott für die sichere Heimkehr von Wolfgang und ihr und danach gingen sie wieder zu dem Haus von Giselas Mutter, das am südlichen Rand des Dorfes stand.

Die Mutter war nun fast zwei Monate nicht dort gewesen und es gab eine Menge zu tun. Die beiden Frauen packten gemeinsam an und unter erzählen, scherzen und lachen war die Arbeit im nu erledigt. Zusammen setzten sie sich danach auf die Bank vor der Hütte und sahen auf den kleinen Fluss, der sich vor der Hütte durch das Tal schlängelte. Als die Dämmerung einsetzte verabschiedeten sich die beiden Frauen und eine jede ging wieder in ihre Hütte.

Gisela brachte noch schnell die Kinder ins Bett und erzählte eine Geschichte von der großen Stadt mit den vielen Häusern, vom König wie er die Kirche mit der Krone verlassen und wie sie alle ihm zugejubelt hatten. Als dann alle eingeschlafen waren setzte sie sich zu Wolfgang an den Tisch, der durch ein paar Talglichter erhellt wurde. Beide waren glücklich, dass sie wieder in ihrem zuhause waren.

8. Kapitel

Im Dorf der roten Erde

Siegfried war wieder einmal zu einer Handelsreise aufgebrochen. Seit dem Kreuzzug war er öfters in dem Gebiet gewesen, in dem sie damals gekämpft hatten. Das war nun schon mehr als sieben Jahre her und er versuchte mindestens einmal im Jahr auf große Handelstour zu gehen. In diesem Jahr würde ihn sein Bruder Wolfgang begleiten. Nach der Aussaat im Frühjahr verabschiedeten sich beide von ihren Familien und brachen auf in das ferne Land im Norden. Sie hatten jeder ein Packpferd mit den Waren dabei und auch die Satteltaschen waren mit Handelsware gefüllt.

Siegfried wusste durch seine vorherigen Touren ganz genau, was sich als Ware zum Handeln eignete und was nicht. Kämme, Messer, Schmuck und gewebte Kleidung hatte er eingepackt und er wollte es gegen Felle eintauschen. Zur Ernte mussten die beiden spätestens wieder im Dorf zurück sein, dann wurde jede Hand für die Feldarbeit gebraucht. Im Moment war auf den Feldern rund um das Dorf nichts zu tun und um das Vieh kümmerten sich die Frauen und Kinder.

Im letzten Jahr hatte Wolfgang zusammen mit Siegfried ein Haus aus Stein gegenüber der Kirche gebaut. Die Steine hatten sie im Steinbruch am Rande des Dorfes aus dem Felsen geschlagen auf dem einst die Burg gestanden haben soll. Es gab in der Mitte ihres Dorfes nun schon zehn Häuser aus Stein rund um die kleine Kirche. Alle anderen Häuser und Hütten waren noch aus Holz. Auch die Ställe waren ausschließlich aus Holz und mit Stroh gedeckt. Neben jedem Haus waren ein Stall und ein Speicher, so dass jedes Anwesen dreigeteilt und durch einen kleinen Zaun umgeben war. Im Herbst war Gisela mit den vier Kindern in das Haus eingezogen und zusammen mit Wolfgang hatten sie es sich schön eingerichtet.

Im Gegensatz zu den Holzhäusern, die nur einen Raum hatten, war ihr Steinhaus in verschiedene Räume unterteilt. Es gab einen Schlafraum und einen Wohnraum mit Küche. Die Steine waren einfach nur übereinander gestapelt und dann mit dem roten Lehm aus der Umgebung eingeschmiert worden. Dieser Lehm war noch mit einem Strohgeflecht versehen, so dass die Wand am Ende sehr dick und windundurchlässig geworden war. Im Winter war es angenehm warm im Haus gewesen. Alle Freunde hatten sich das Haus angesehen und ein jeder der nun ein Haus baute setzte nicht mehr auf Holz sondern auf Stein. So wurden es immer mehr Steinhäuser in ihrem Dorf.

Wolfgang wusste noch nicht, wie lange er unterwegs sein würde und so war der Abschied für ihn sehr schwer. Aber er wollte seinen Bruder unterstützen, so wie dieser ihm im Jahr davor beim Hausbau geholfen hatte. Zu zweit konnten sie viel mehr Waren transportieren und es war auch sicherer, als alleine los zureiten. Die beiden kamen gut voran und schon nach zwei Wochen waren sie im sorbischen Gebiet. Sie zogen etwas weiter hinein und kamen bald wieder in die Gegend, die ihnen noch gut vertraut war. Kleine Seen und Sümpfe mit den vielen Mücken erinnerten sie wieder an den Kreuzzug.

Nachts lagerten sie im Wald auf Lichtungen und machten ein großes Feuer, das hielt die Mücken und wilden Tiere auf Abstand. Am Tag ritten sie weiter, bis sie an eine größere Siedlung kamen, in der es auch eine Burg gab. Sie lag an einem großen See auf dem Fischer mit ihren Booten fuhren. Wolfgang überredete seinen Bruder, dass sie auch getrockneten Fisch als Waren eintauschen konnten und dieser stimmte zu. Bei dieser Tour würden sie also Trockenfisch als Tauschgut mit nach Sachsen nehmen. Das würde sich dort bestimmt auch gut verkaufen lassen.

Am zweiten Tag ihres Aufenthalts in der Siedlung traf Siegfried ein Mädchen, das ihm sehr gefiel. Auch sie schien nicht abgeneigt von ihm zu sein und so vergaß er den eigentlichen Grund ihrer Reise. Erst sein Bruder Wolfgang holte ihn wieder auf den Boden zurück. In den nächsten paar Tagen traf sich Siegfried so oft es ging mit der sorbischen Frau. Da Siegfried noch nicht verheiratet war konnte auch Wolfgang nichts dagegen einwenden. Die Frau hieß Swetlana und bei dem Namen horchte Wolfgang auf. Hatte seine Ahnin, von der seinen Frau immer erzählte, nicht auch so gehießen? Auch diese Swetlana war die Tochter des Stammesführers und Wolfgang versuchte alles um Siegfried seinen Bedenken klar zu machen. Dieser wollte aber nicht auf ihn hören und tat Wolfgangs Bedenken mit einen Handbewegung ab.

Als nun die Zeit des Aufbruchs kam war die Trennung zwischen den beiden sehr schmerzhaft, aber Siegfried versprach bald wieder zu kommen und dann etwas länger zu bleiben. Wolfgang sah das Ganze mit gemischten Gefühlen und er wusste auch schon was seine Frau dazu sagen würde. Er glaubte, dass es besser wäre wenn er ihr nichts darüber erzählen würde. Vollgepackt mit Trockenfisch machten sich die beiden wieder auf den Heimweg in ihr Dorf und nach einem Monat waren sie auch schon wieder auf dem Hügel oberhalb des Dorfes.

Auf der Straße zu ihrem Haus kam Wolfgangs ältester Sohn auf sie zugelaufen und Wolfgang setzte ihn auf sein Pferd. Der Junge hatte einen großen Spaß daran, so von seinem Vater auf dem Pferd durch das Dorf geführt zu werden. Vor ihrem Haus band Wolfgang die vier Pferde an und half Siegfried beim Abladen des Fisches. Zusammen lagerten sie den Fisch im Speicher ein. In den nächsten Tagen würde Siegfried dann mit etwas Fisch durch die anderen sächsischen Dörfer ziehen und sie gegen andere Waren eintauschen mit denen er dann wieder woanders Geschäfte machen konnte.

Entgegen seiner Absicht erzählte Wolfgang seiner Frau doch noch von Swetlana und Siegfried. Vor Schreck lies Gisela bei der Erzählung einen Topf fallen, den sie gerade in der Hand hatte. Sie sagte "Wolfgang, die Geschichte ist nicht gut ausgegangen. Wir erzählen das Ende nur nicht den Kindern so wie es war. Der Sage nach wurde Siegfried von den Sorben getötet, nachdem er in dem Dorf eine Zeit gelebt hatte. Ich möchte nicht, dass sich diese Geschichte mit deinem Bruder wiederholt. Kannst du ihn nicht davon abbringen?" Wolfgang dachte eine Weile nach, aber er kam zu dem Schluss, dass dies unmöglich gehen würde. Er sagte nichts und schüttelte nur den Kopf. Insgeheim würde er aber auf Siegfried besser aufpassen müssen und ihn nun wahrscheinlich öfter begleiten.

9. Kapitel

In Italien

Aus der Begleitung für seinen Bruder wurde nichts. Bereits im Herbst des Jahres wurde Wolfgang wieder zum Heer einberufen. Heinrich wollte seinen Vetter, den König Friedrich Barbarossa, auf einen Kriegszug nach Italien begleiten. Die Hälfte aller Kämpfer aus dem Dorf sollte mit und Wolfgang würde sie anführen. Noch vor Einbruch des Winters wollte das Heer über die Alpen gezogen sein. Vom Sammelplatz des Heeres zogen sie über Braunschweig, wo Heinrich mit weiteren Verbänden dazu stieß, in Richtung Bayern. Wie ein langer Wurm zog die Kolonne der Männer, Pferde und Wagen durch das Land und immer mehr Männer schlossen sich an. Aus allen Völkern kamen sie um für den König zu kämpfen.

Immer weiter nach Süden zogen die Männer des Dorfes und schon bald konnte Wolfgang die großen Berge mit den weißen Spitzen vor sich sehen. Je weiter sie nach oben den Berg hinauf kamen, umso kleiner wurden die Bäume. Danach wurden es nur noch kleine Büsche und schließlich wuchs nur noch Gras. Das Endete aber bald ebenfalls und es blieb nur einen kahle, steinige Fläche übrig, auf der die Tiere und Männer nur schwer Tritt fassen konnten. Sehr vorsichtig und langsam ging es vorwärts, aber der Berg musste noch am Tag überwunden werden. Keiner wollte hier oben die Nacht verbringen. Ein paar einheimische Führer gingen vorneweg und zeigten den Weg, das Heer schloss sich ihnen dann an.

Immer höher hinauf ging es auf sich schlängelnden, schmalen Wegen. Auf der einen Seite ging es steil bergab ins Tal und auf der anderen Seite ragte der Fels auf. Der Weg war schmal und manchmal stolperte ein Pferd und musste mühsam auf den Weg zurück gebracht werden. Hinter sich hörte Wolfgang ein großes Geschrei, als er sich umsah bemerkte er einen Wagen der zu kippen drohte. Schnell ließ er ein paar von seinen Männern absitzen und zusammen mit ihnen brachte er den schweren Wagen auf den Weg zurück.

Schon lange hatten sie keinen Baum mehr gesehen. Nur noch Steine und Felsen waren da und es ging immer noch höher hinauf. Endlich hatten sie den höchsten Punkt erreicht und danach ging es auf der anderen Seite genauso vorsichtig wieder herunter. Wolfgang kam es so vor, als ob der Abstieg viel schwieriger war als der Aufstieg. Alle saßen ab und führten die Pferde am Zügel. Jeder Schritt konnte eine Lawine aus Steinen auslösen. Vorsichtig wollte jeder Fuß und jeder Huf aufgesetzt werden. Weit hinter sich sah Wolfgang einen Wagen den Hang hinunterstürzen. Die Pferde die ihn gezogen hatten zog nun der Wagen in die Tiefe.

Sie erreichten den Fuß dieses Gebirges und jeder betete an der kleinen Kapelle im Tal, das sie alle heil angekommen waren. Das war nun also Italien. Erst hier im Tal hatte Wolfgang Zeit sich umzuschauen. Saftige grüne Wiesen und kleine Baumgruppen. Kleine Bäche, die weiter ins Tal hinein flossen und sich zu großen Flüssen weiter unten vereinigten. Heute Abend würden sie hier lagern und Morgen ging es weiter. Aus den Wagen wurden Zelte und Verpflegung ausgeladen. Schnell waren die Zelte aufgebaut, Wachen eingeteilt und Feuer angemacht. Die Anspannung der Männer löste sich in Lachen und Singen am Feuer. Die Sonne beleuchtete beim Untergehen noch einmal den Berg, über den sie gekommen waren.

Am nächsten Morgen weckte ein kleiner Vogel Wolfgang indem er sich auf einen der Bäume neben dem Zelt setzte und ein kleines Lied anstimmte. Verschlafen schaute Wolfgang den kleinen Sänger an. Dann wurde das Lager abgebaut und alles verladen. Der Zug setzte sich wieder in Bewegung. Vorn ritt König Friedrich und Heinrich ihr Herzog. Wolfgang war mit seinen Männern nicht weit dahinter. Er konnte das Löwenbanner Heinrichs vor sich wehen sehen. Die Landschaft sah hier ganz anders aus, als er sie aus seiner Heimat kannte. Große Wälder gab es kaum, nur kleine sonderbar aussehende Bäume und Freiflächen.

Auf alten Straßen, die wie Heinrich erzählt hatte schon mehr wie tausend Jahre alt waren, zogen sie von Dorf zu Dorf und von Stadt zu Stadt. Ein paar kleine Burgen wurden belagert und schnell eingenommen. Die Verpflegung holten sie sich von den Bauern der Umgebung, auch wenn dies Wolfgang als Bauer nicht so gefiel. Schließlich standen sie vor einer großen Stadt, die Friedrich unbedingt einnehmen wollte. Sie bauten Schleudern und Leitern, riegelten die Stadt von der Umgebung ab und versuchten sie auszuhungern.

Nach langem Kampf gelang es Heinrich mit seinen Männern im Februar in die Stadt einzudringen und einen Teil einzunehmen. Mit einem Rammbock hatten sie einen Teil der Mauer eingerissen und waren durch die Breche in der Mauer in die Unterstadt gestürmt. Heinrich rannte vornweg, Wolfgang lief unmittelbar hinter ihm durch die Breche. Als der Mann vor Wolfgang, der das Banner trug, von einem Pfeil tödlich getroffen wurde ließ Wolfgang seinen Schild fallen, griff zu der schwankenden Fahne und hielt sie als Zeichen hoch. Nun hatte er das Löwenbanner in der linken, sein Schwert in der rechten Hand und rannte Heinrich mit dem Banner hinterher.

Schnell stürmten sie vorwärts, mal hintereinander und mal Seite an Seite, aber immer an der vordersten Front des Kampfes. Um die Beiden bildeten die Feinde eine Traube von Männern, die Heinrich und Wolfgang mit dem Schwert in Schach hielten und dann niederstreckten. Die Verteidiger stellten sich ihnen weiter verzweifelt entgegen doch die Sachsen stürmten wir ein Sturmwind voran durch die ganze Unterstadt und wo sich Widerstand zeigte wurde dieser schnell gebrochen. Die Verteidiger der Oberstadt konnten nur von ihrem Berg aus zusehen, wie die Unterstadt geplündert und niedergebrannt wurde.

Nun belagerten sie also die Oberstadt. Zwei Monate dauerte dies, in denen mehr Verhandlungen als Kampf gefragt waren. Um die Verhandlungen zu beschleunigen ließ Heinrich das Wasser vergiften und tote Tiere in die Oberstadt werfen. Mit allen Mitteln versuchte er den Widerstand zu brechen. Trotzdem dauerte es bis Mitte April bevor die Stadt aufgab und Heinrich die Stadt an Friedrich übergeben konnte. Friedrich versprach die Stadt zu verschonen, doch nach dem Abzug des deutschen Heeres zerstörten italienische Hilfstruppen die Stadt am nächsten Tag. Die Rauchsäule der brennenden Stadt stieg hinter dem Heer auf und war noch lange zu sehen.

10. Kapitel

Beschützt den Kaiser!

Sie zogen weiter durch die norditalienische Ebene. Alles war für Wolfgang ungewohnt und nun wurde es auch noch immer wärmer. Der Sommer kam und das Heer erreichte Rom. Vor der Stadt wurde ein Lager errichtet und alle versuchten im Schatten und ohne Rüstung zu sein. Wolfgang bedauerte die Wachen, die mit Helm und Schild in der Hitze ihre Runde gehen mussten. Die Wachzeiten wurden verkürzt und die Ablösung kam daher immer öfters. Wo immer es ging hängte man sich weiße Umhänge über die dunklen Sachen, die sie sonst trugen.

Die Führer des Heeres, so auch Heinrich, blieben beim König in Rom. Wolfgang und ein Teil seiner Männer wurden zur Bewachung mit nach Rom genommen. Nach der Einnahme der anderen Stadt hatte Heinrich Wolfgang zu seinem Bannerträger gemacht. Bei allen offiziellen Auftritten, bei denen Heinrich sein Banner dabei haben musste, war nun auch Wolfgang dabei. Rom war einfach eine sehr schöne Stadt mit vielen großen Häusern und Kirchen. Diese alte Stadt mit den Ruinen längst vergangener Zeiten faszinierte Wolfgang. Wann immer es ging versuchte er sich diese Stadt anzuschauen. In den Wirtshäusern gab es roten, süßen Wein, der nicht mit dem Wein zu vergleichen war, den er aus der Heimat kannte.

Zusammen mit dem Wein nahm Wolfgang aber auch den Unmut der Römer auf. Sie als Sachsen waren hier als Eroberer nicht willkommen und er hatte daher lieber immer sein Schwert dabei und einen kühlen Kopf. Ein Zuviel des Weins hätte sonst für ihn gefährlich werden können. Nicht nur, das er in einen der Flüsse gestürzt wäre, sondern auch die heimlich gezogenen Messer hinter seinem Rücken in der Schänke galt es im Auge zu behalten. So mancher unvorsichtige Kämpfer war schon für immer verschwunden und er wollte ja zu Frau und Kinder zurück. Vor einem Jahr war er mit seinem Bruder noch auf Handelsreise gewesen. "Was der wohl jetzt machte?" fragte sich Wolfgang. Er hoffte noch vor dem Winter wieder zu Hause zu sein, aber jetzt war es gerade mal Sommer.

Es wurde Juni und gleichzeitig wurde es immer wärmer in der großen Stadt. Schließlich trafen der Papst und der König aufeinander um die letzten Absprache, die von den Gesandten vorbereitet worden waren, zu treffen. Wolfgang, der auch bei diesen Treffen dabei war, hatte den Eindruck, das diese Gesandten nicht wirklich miteinander gesprochen hatten. Das erste Treffen wurde abgebrochen und diese Gesandten besprachen nun das Treffen für den nächsten Tag. Dieses zweite Treffen war dann auch ein Erfolg, aber vermutlich nur, weil der König auf seinen Gesandten und der Papst auf die Seinigen eingewirkt hatten. Nach diesem zweiten Treffen verhandelten de Gesandten weitere Verträge aus, bei denen Wolfgang aber nicht dabei sein sollte. Das Banner war dabei nicht gefragt, nur Verhandlungsgeschick.

Nach zwei Wochen wurde dann der König vom Papst zum Kaiser gekrönt. Bereits im Vorfeld hatten verschiedene römische Abordnungen versucht, dies zu verhindern, doch König und Papst setzten sich durch. Als der frisch gekrönte Kaiser die Kirche verließ knieten sich alle vor ihm hin. Alle bis auf Heinrich. Nach einem kurzen Wortwechsel zwischen den beiden kniete sich auch Heinrich hin, um dem Kaiser seine Ehre zu entbieten.

Danach saßen alle auf, um zum Lager zurück zu reiten. In den Straßen Roms war von ferne ein Tumult zu hören, der immer lauter wurde, je mehr sich der Zug vorwärts bewegte. Von einigen Häuserdächern wurden sie mit Steinen und verdorbenen Gemüse beworfen.

Die Begleitung des Kaisers versuchte mit den Schildern so viele Wurfgeschosse wie möglich abzuwehren. Vor sich, an einer Toröffnung, sah Wolfgang, dass die Bewohner der Stadt eine Sperre über die Straße gebaut hatten, um den Zug aufzuhalten. Mit gezogenem Schwert stürzten Heinrich und Wolfgang nach vorn und schlugen ein paar bewaffnete Bürger zurück. Heinrich saß schnell vom Pferd ab und band die Straßensperre an ihrer beiden Pferde. Zusammen zogen sie die Balken aus dem Weg, damit der Zug des Kaisers weiter ziehen konnte.

So schnell sie konnten verließen alle die Stadt und versammelten sich auf den Hügeln bei ihrem Lager. Im Lager wurde nun die Feier der Kaiserkrönung durchgeführt, die zu solch einer schmählichen Flucht aus Rom geführt hatte. Bereits wenige Tage später brach das Heer die Zelte ab und setzte sich wieder in Richtung Norden in Bewegung. Je näher sie den Bergen kamen, umso froher wurde Wolfgang, denn er wusste ja, das hinter diesen Bergen seine Familie auf ihn wartete, die er nun schon fast ein Jahr lang nicht mehr gesehen hatte.

Sie kamen schnell voran und nahmen auch wieder denselben Weg über die Berge, nur diesmal in die andere Richtung. Vor dem Aufstieg dankten sie alle in der kleinen Kapelle, dass sie den Kriegszug unbeschadet überstanden hatten und sie betteten auch für eine sichere Überquerung der Berge. Als die einheimischen Führer eingetroffen waren zogen sie am Morgen los und gegen Abend schlugen sie auf der anderen Seite auf einer großen Lichtung ihr Lager auf.

Am nächsten Tag dankte der Kaiser ihnen allen in einem Feldgottesdienst für ihren Einsatz und entließ das Heer in die Heimat. In viele verschiedene Richtungen, immer auf dem kürzesten Weg, machten sich die Männer auf den Weg zu ihren Familien. Wolfgang übergab das Banner, das er den Feldzug über getragen hatte, wieder an Heinrich und mit den zehn verbliebenen Männern seines Dorfes machte er sich auf. So schnell die Pferde konnten ritten sie. Pause und Rast wurde im Wald oder an ein paar Schänken gemacht.

Nach nicht einmal zwei Wochen sahen sie schon das heimatliche Tal wieder und von da an konnte niemand mehr die Pferde aufhalten. Im wilden Galopp und ohne Formation, in der sie bisher geritten waren, stürmten Pferde und Reiter dem Dorf zu. Vor seinem Haus sah Wolfgang seine Frau stehen. Diese rief schnell die Kinder heraus, als sie ihn anreiten sah. Mit einem Satz war Wolfgang vom Pferd und umarmte seine Frau und danach die Kinder.

Am Abend des Tages kam das ganze Dorf in der Kirche zu einem Dankesgottesdienst zusammen. Man gedachte der Männer, die im Kampf gefallen waren und danke dafür, dass die anderen unbeschadet wieder zu Hause waren.

11. Kapitel

Ein Siedlungszug

Nach dem Kreuzzug hatten sie begonnen um das Dorf eine kleine Mauer aus Holzpfählen zu ziehen, die durch vier Tore in die Himmelsrichtungen unterbrochen war. Im Zentrum stand die kleine Kirche. Der umzäunte Platz war großzügig gewählt worden und es war noch Platz für einige Häuser innerhalb der Umzäunung. Am Tag waren zwei Tore geöffnet und durch Wachposten geschützt. Jeweils zwei bewaffnete Männer standen an den Toren und regelten den Einlass. Die beiden andern Tore, eines ging nach Norden und das andere nach Süden zum Fluss, wurden nur bei Bedarf geöffnet. Neben der Kirche gab es für die Posten eine kleine Hütte, in der sich Wolfgang auch oft aufhielt, wenn er die Posten kontrollieren musste oder Tordienst hatte.

Sein ältester Sohn war nun elf Jahre alt und besuchte Wolfgang, wenn dieser Wache hatte. So saßen die beiden auch an diesem Tag in der kleinen Stube am Feuer, als ein Melder aus Meißen angeritten kam und vor der Hütte absaß. Durch die geöffnete Tür der Hütte sah Wolfgang wie er sein Pferd an einen Zaun band und auf die Hütte zukam. Er hatte ihn sofort erkannt. Der Melder war Hans, mit dem er bereits im Kreuzzug gekämpft hatte. Schnell verließ er die Hütte um ihn zu begrüßen. Sein Sohn blieb in der geöffneten Tür stehen und beobachtete, wie sich die beiden Männer mit einem Handschlag und einer Umarmung begrüßten.

Hans und Wolfgang betraten die kleine Hütte wieder und setzten sich an den Tisch neben der Feuerstelle. Wolfgang reichte Hans einen Becher mit Bier und bat ihn dann seine Meldung zu überbringen. Nach ein paar Schlucken aus dem Becher begann Hans zu erzählen. Der Herzog hatte festgestellt, dass der fruchtbare Landstrich zwischen

Nossen und ihrem Dorf im Süden und der Elbe im Norden nur sehr spärlich besiedelt war. Er hatte in anderen Teilen Sachsens einen Aufruf gestartet und Familien für die Besiedlung dieses Gebietes geworben, die sich nun zu einem Besiedlungszug zusammengeschlossen und auf den Weg gemacht hatten. "Könnt ihr in eurem Dorf Familien aufnehmen und wenn ja, wie viele?" fragte Hans und Wolfgang überlegte kurz.

Wolfgang trat wieder zur offenen Tür und überblickte sein Dorf. Zu Hans über die Schulter sagte er "Wir haben das Dorf etwas großzügiger angelegt und für etwa zehn Familien haben wir noch Platz. Wenn ihr also mit dem Besiedlungszug hierher unterwegs seid, so können wir zehn Häuser errichte. Wann werden die Siedler hier eintreffen?" Hans trat an Wolfgang heran und sagte "Es wird wohl noch etwa einen Monat dauern. Könnt ihr bis dahin alles vorbereiten?" Wolfgang nickte und Hans verabschiedete sich von ihm und machte sich wieder auf den Weg nach Meißen.

Als Hans das Dorf wieder verlassen hatte rief Wolfgang alle Männer an der kleinen Kirche zusammen. Er teilte die Arbeiten ein. Anschließend brachen die ersten Männer in den nahen Wald auf und begannen Bäume für die neuen Hütten zu fällen. Im Dorf steckte Wolfgang mit den anderen Männern die Umrisse der neuen Hütten ab und die Frauen begannen mit den restlichen Vorbereitungen. In einem Monat würden dann die neuen Hütten bestimmt fertig sein.

Mit jedem Tag wuchsen die Hütten in die Höhe und als der Zug der neuen Siedler dann eintraf, war alles im Dorf für die Neuankömmlinge vorbereitet. Die Wagen holperten auf der steinigen Straße heran. Es waren zehn von Ochsen gezogene Wagen, die vor dem Tor hielten. Der Führer des Zuges ging auf Wolfgang zu, der am Tor wartete. Mit einem Handschlag begrüßten sich die beiden Männer und

Wolfgang überprüfte das überreichte Dokument. Als er die Richtigkeit festgestellt hatte bat er die Reisenden in das Dorf und führte sie zu den neuen Häusern. Im Dorf hatte sich das Eintreffen schon herumgesprochen und alle, die im Moment Zeit hatten, eilten zu den neuen Häusern, um die Fremden willkommen zu heißen.

Die Wagen wurden abgespannt und die Ochsen in den Stall geführt. Nachdem die Wagen ausgeladen und alles in den neuen Behausungen verstaut war trat der Führer der Neuankömmlinge vor die Hütten und bat alle noch einmal heraus. Er bedankte sich für die Aufnahme im Dorf und stellte alle seine Mitreisenden vor. Es waren zehn Männer, zehn Frauen und zwanzig Kinder, die nun die Bevölkerung des Dorfes verstärken würden.

Am nächsten Tag, es war ein Sonntag, gingen alle in die kleine Kirche in der Mitte des Dorfes. Der Pfarrer begrüßte nun ebenfalls die neuen Gemeindemitglieder und zusammen beteten sie zum Dank dafür, dass der Weg so gut gemeistert wurde und alle wohlbehalten angekommen waren. Nach dem Gottesdienst wurde auf dem Platz vor der Kirche ein großes Feuer entfacht und ein, am Morgen im Wald erjagtes, Wildschwein wurde über dem Feuer gebraten. Der Bratenduft zog durch das ganze Dorf und selbst die Torwachen kamen, nachdem sie die Tore verschlossen hatten, zum Dorfplatz. Diese Feier wollte sich niemand entgehen lassen. Karl, so hieß der Anführer der Neuankömmlinge, hatte Bier für alle organisiert und wollte sich auch damit noch einmal bedanken.

Bis spät in die Nacht saßen alle am Feuer und unterhielten sich. Es wurde gelacht, gesungen und gescherzt, danach ging ein jeder in sein Haus für eine sehr kurze Nacht. Am nächsten Morgen teilte Wolfgang alle für die anstehenden Arbeiten ein. Es gab noch viel zu tun, um es allen wohnlich werden zu lassen. Auch die Felder musste

Wolfgang zuweisen, dazu ging er mit den Männern am späten Vormittag vor die Mauer des Dorfes und steckte mit je vier kleinen Holzstücken die Bereiche ab, in denen die neuen Familien Bäume zu roden und im nächsten Frühjahr anzusäen hatten.

Kurze Zeit später hörte man schon Äxte in dem kleinen Waldstück vor dem Dorf und die ersten Bäume fielen um. Mit den Ochsen zogen sie die gefällten Bäume in das Dorf hinein und legten sie auf den Baumstapel, mit denen sie die Ställe erweitern wollten. Innerhalb einer Woche hatten alle gemeinsam den Bereich der neuen Felder gerodet und waren dabei die Wurzeln mit dem Ochsen aus dem Boden zu ziehen. Es war eine sehr schwere Arbeit für die Männer, aber auch für die starken Tiere die immer wieder mit Streicheleinheiten und guten Worten angespornt wurden.

12. Kapitel
Neue Nachbarn

Karl und die Seinen lebten nun schon eine ganze Weile im Dorf. Wolfgang und Karl waren Freunde geworden und an einem Tag, als sie zusammen Wache am Tor hatten, kamen sie auf den Grund für den Besiedlungszug zu sprechen. Karl erzählte von seinem Leben als Pächter eines kleinen Feldes in einem anderen Teil Sachsens. Wenn er den Kirchenzehnt, die Abgaben für den König und die Pacht für das Feld beglichen hatte, so war meist nur noch das zum überleben notwendige in der Scheune übrig. War die Ernte einmal besonders schlecht, so blieb ihnen oft nichts anderes mehr übrig als das Mehl mit Sägespänen zu strecken. Hier war er ein freier Bauer und musste keine Pacht bezahlen. Da blieb, so hoffte er, viel mehr für seine Familie übrig.

Wolfgang senkte den Blick, so hatte er das Leben der anderen nie gesehen, er kannte nur das Leben als freier Bauer. Seine Kinder hatten immer ausreichend zu essen gehabt und auch allen anderen im Dorf kannten keinen Hunger. Er legte Karl die Hand auf die Schulter um ihn aufzumuntern und sagte zu ihm "Jetzt seid ihr hier bei uns im Dorf und da wird es euch ganz sicher besser gehen." Karl nickte und sagte "Das hoffe ich und damit hätte sich die beschwerliche und gefährliche Reise für uns alle hier gelohnt. Ich danke dir und euch, dass ihr uns hier so gastfreundlich aufgenommen habt."

Als ihre Wache zu Ende war lud Wolfgang Karl zu sich nach Hause ein. Ihre beiden Häuser lagen in Sichtweite gegenüber, die kleine Kirche lag seitlich dazwischen und Karl nahm die Einladung gern an. Gisela stellte gerade die Mahlzeit für die Familie auf den Tisch und stellte einen Teller für den Gast dazu, als sie sah, dass Karl mit in ihr Haus kam. Es gab Hühnersuppe mit kleinen Wurzelstücken und Kräutern drin. Die ganze Familie saß schon um den Tisch und nach dem Gebet langten alle kräftig zu. Nach dem Essen sagte Gisela zu Wolfgang "Ich will mit meiner Mutter noch einmal in den Wald. Kannst du uns dann das südliche Tor öffnen?" Wolfgang nickte und sein ältester Sohn meldete sich, dass er die Mutter begleiten wollte. Zu dritt brachen sie auf nachdem Karl in sein Haus gegangen war.

Giselas Mutter saß schon auf der Bank vor ihrem Haus und erhob sich, als sie die drei kommen sah. Peter, Wolfgangs Sohn, rannte zu seiner Großmutter und die begrüßte ihn, indem sie ihm über den Kopf strich. Gisela umarmte ihre Mutter und nun gingen sie zu viert zum Tor. Wolfgang gab Peter sein Horn, damit er bei der Rückkehr Signal geben konnte, dann öffnete er das Tor und lies die drei passieren. Er schaute ihnen noch eine Weile nach, bis sie den Fluss an der Furt überquert hatten, dann Schloss er das Tor wieder.

Gisela, ihre Mutter und Peter gingen durch den Wald immer Bergauf, bis sie an eine kleine Lichtung kamen, von der aus sie das Dorf unter sich sehen konnten. Die drei drehten sich um und Giselas Mutter zeigte ihnen ein paar Sträucher mit Kräutern, die sie abernten wollten, um daraus Heilkräuter zuzubereiten. Sie erklärte ihnen wozu die eine oder andere Pflanze zu gebrauchen war und wie man sie zubereiten musste. Als die Körbe voll gesammelt waren und sie gerade wieder aufbrechen wollten traten zwei Frauen aus der neuen Gruppe auf die Lichtung. Sie begrüßten sich alle freundlich und tauschten ihre Erfahrungen aus. Als die Schatten immer länger wurden erinnerte sie Peter an den Heimweg in das Tal hinunter.

Schnell gingen sie wieder Bergab und stützten sich gegenseitig. Unten angekommen überschritten sie die Furt und Peter blies in das Horn, damit sein Vater das Tor öffnen würde. Nach einer ganzen Weile öffnete sich knarrend das Tor, so dass Peter und die vier Frauen in das Dorf hinein konnten. Voll bepackt mit den Kräutern setzten sie sich vor die kleine Hütte neben dem Tor, um zu verschnaufen. Peter ging mit seinem Vater schon vor und Giselas Mutter zeigte einige der getrockneten Kräuter hinter ihrer Hütte. Zu einigen davon kannten die anderen Frauen weitere Anwendungsmöglichkeiten und so lernte jede von der anderen. Als es immer dunkler wurde gingen die Frauen, nachdem sie sich verabschiedet hatten, alle wieder in ihre Hütten zurück.

Am nächsten Morgen wollte Karl ein paar seiner Freunde aus dem Besiedlungszug besuchen, die sich an einer anderen Stelle niedergelassen hatten. Wolfgang und Gisela beschlossen ihn zu begleiten. Bei Tagesanbruch sattelten sie die Pferde und führten sie zu Karls Hütte hinüber. Karl trat gerade aus seiner Hütte und begrüßte die beiden Freunde herzlich. Zu dritt gingen sie zum Stall wo Karl sein Pferd holte. Die Pferde am Zügel hinter sich herführend ging es nun zu dritt zum Tor nach Osten, das die Wachen gerade öffneten. Hinter dem Tor saßen sie auf und ritten los. Gisela, mit ihrem schönen weißen Pferd, bildete den Schluss. Im leichten Trab, gerade schnell genug um sich noch zu unterhalten, ritten die beiden Männer nebeneinander voran.

Vor Nossen verließen sie den Waldweg und bogen auf die Straße nach Norden ein, wo Karls Freunde sich ein paar Hütten in einem kleinen Dorf errichtet hatten. Gegen Mittag waren die drei Reiter auch schon angekommen. Wolfgang kannte das Dorf noch von früher. Durch den Besiedlungszug war es nun doppelt so groß wie vorher. Auch in der Umgebung gab es jetzt kleine Gehöfte, meist in Gruppen zu drei oder vier Häusern. Überall wurden Bäume gefällt und Felder gerodet. Der fruchtbare Boden würde im nächsten Jahr bestimmt reiche Ernte einbringen.

Je mehr Bauern hier ihre Ernte einbrachten umso mehr Abgaben erhielten die Kirche, der Herzog und auch der König. Da, wo vorher nur Wald war, entstanden nun Felder. Da wo Wiese war wurden Tiere geweidet. Von allem, was da wuchs, erhielt die Kirche ein Zehntel, der Herzog seinen Teil und der König ebenfalls. Aber auch die Bauern waren froh, denn fruchtbare Böden bedeuteten mehr Ertrag und man kam sicher über den Winter ohne zu Hungern. Noch vor Einbruch der Dunkelheit waren die drei wieder am Tor zurück im Dorf. In der Nacht wäre das Tor zu und sie hätten auf der Wiese vor dem Tor übernachten müssen. Das wollte aber keiner von den dreien.

13. Kapitel

Der Kurier des Löwen

Karl und seine Angehörigen lebten nun schon drei Jahre in dem Dorf. Die Ernten hatten seine Erwartungen bei weitem übertroffen. Seine Familie und die von Wolfgang hatten sich angefreundet und auch sonst lief alles ganz gut hier in ihrer neuen Bleibe. Hier im Dorf war zu dieser Zeit begonnen worden, die alte hölzerne Kirche durch eine neue aus Stein zu ersetzen. Die Bauleute hatte ein Gerüst neben der alten Kirche errichtet und ein Fundament aus großen Steinen gelegt. Wann immer einer der Dorfbewohner Zeit hatte war er an dieser Baustelle. Die Kirche war etwa kniehoch und wuchs weiter in die Höhe. Die Häuser und Ställe hier im Dorf waren fast alle noch aus Holz und bald wollten sie, wenn die Kirche fertig war, mit den nächsten Steinhäusern anfangen.

Ein größerer Platz war dafür in der Mitte des Dorfes frei gelassen worden und die Steine würde man, so wie die für die Kirche, in dem kleinen Steinbruch am Rande des Dorfes holen. Einst stand dort oben die verwunschene und verfluchte Burg. Jetzt fing man unten am Berg an die Steine zu brechen und in handliche sowie verbaubare Blöcke zu bringen. Jeder Arbeitsschritt vom Stein bis zum Haus wurde sorgsam betrachtet, denn wenn die Kirche fertig sein würde zogen die Bauleute weiter und die Häuser würden die Bewohner selber bauen müssen. Ein jeder Tipp war da hilfreich. Wolfgang arbeitete sogar beim Bau der Kirche mit, so konnte er aus erster Hand alle Erfahrungen machen.

In der Zeit in der Wolfgang beim Bau half führte Karl die Geschicke des Dorfes und der Verwaltung für ihn in der Vertretung. Vom Steinbruch bis zur Baustelle der Kirche hätte man die Steine werfen können, wenn sie klein genug gewesen wären. Den ganzen Tag zogen die Ochsenkarren mit den Steinen durch das östliche Tor in das Dorf hinein und fuhren die kurze Strecke leer wieder zurück. Von Sonnenauf- bis Sonnenuntergang hörte man das klopfen im Steinbruch. Das Aufbauen der Kirche ging dabei ziemlich leise vor sich. Das Knarren des kleinen Krans, der mit Muskelkraft betrieben wurde, war noch das lauteste Geräusch. Nur wenn die Steinmetze wieder eine Anweisung an die Helfer zuriefen wurde die Stille kurz unterbrochen.

Die Steinmetze reisten von Baustelle zu Baustelle, von Burg zu Kirche und danach weiter zur nächsten Burg oder Kirche. Hier im Dorf wohnten sie in der kleinen Schänke direkt neben der Baustelle. Wenn es abends dunkel wurde stellten sie die arbeiten ein, sicherten die Baustelle und beim Morgengrauen begannen sie wieder mit dem Bau. Tag für Tag wuchs die Kirche in die Höhe und die Helfer, welche zum großen Teil aus dem Dorf oder der Umgebung kamen, wurden immer Geschickter im Bau. Wolfgang fragte auch oft den einen oder anderen Steinmetz und meist waren sie auch sehr mitteilsam wenn es um den aktuellen Bau ging. Bei allen anderen Fragen waren sie aber eher verschlossen und taten geheimnisvoll, um ihr Wissen zu schützen.

Ihr Wissen, das war ihr Kapital. Nur durch das Wissen, was sie sich auf den vielen Baustellen angeeignet hatten, konnten sie den Preis des Aufbaus bestimmen und daher konnten sich nur reiche Kirchen, oder zukünftige Burgherren mit viel Geld, die Dienste der Steinmetze leisten. In der Umgebung ihres Dorfes war vor kurzem eine Silbermine gefunden worden und nur dadurch hatte die Kirche das Geld, um die Steinmetze zu bezahlen. In dem kleinen Berg im Osten wurde gerade der erste Stollen getrieben und es sah sehr gut aus. Einige Bewohner des Dorfes hatten begonnen die Felder abzugeben und sich für den Bergbau zu interessieren. Die kleinen Bewohner und die größeren Kinder waren dabei im Vorteil, da die Stollen nicht sehr hoch waren. Auch Wolfgangs Sohn Peter arbeitete im Stollen mit. Abends erzählte er, wie er im Stollen beim Scheine des Kienspans mit der Hacke Steine abschlagen musste.

Während Peter sich in die Tiefe arbeitete ging Wolfgang mit der Kirche nach oben. Das Gerüst und die Mauer waren nun schon doppelt so hoch wie ein Mann und je höher sie kamen, umso schweren war es die Steine auf die Mauer zu bringen. Zwei Mann mussten immer den Korb mit den Steinen nach oben ziehen und oben wurden die Steine dann sofort verbaut.

Von Zeit zu Zeit kamen die Wagen aus Meißen, um das gewonnene Silber aus dem Dorf abzuholen. Die Lagerstätte war in einem kleinen Haus neben der Schänke und der Eingang wurde immer gut bewacht. Niemand sollte an das Silber heran gelangen können. Auch die Transportwagen wurden durch Reiter begleitet, um sie zu beschützen. Bei einem dieser Transporte traf auch ein Bote des Herzogs mit ein, der den Abbau des Silbers kontrollieren und überprüfen sollte. Der Herzog wollte ganz genau Bescheid wissen wieviel Silber er zu erwarten hatte.

Peter konnte am Abend berichten, wie er den Boten durch die Gänge geführt hatte, die zwar noch nicht sehr weit in den Berg gingen, aber schon sehr viel Silber enthielten. Der Bote hatte sich bei Peter für die Führung bedankt und ihm über den Kopf gestrichen. Wolfgang war sehr stolz auf seinen Sohn, aber er wusste natürlich auch, wie schwer diese Arbeit für Peter war. Immer mehr Kinder mussten in den Stollen und die Wagen hinter sich her wieder herausziehen. Vor dem Stollen wurde das Gestein zerkleinert und das Silber gewonnen. Dies taten Männer, die aus einem anderen Teile Sachsens in das Dorf gekommen waren und so wie die Steinmetze in der Schänke wohnten.

Mit der Zeit kam ein kleiner Wohlstand in das Dorf und Wolfgang überlegte sich zusammen mit dem Wirt, die Schänke als erstes Haus aus Stein aufzubauen. Sie sollte möglichst viele Zimmer haben, für die Boten und Wachen des Herzogs, genauso wie für die Reisenden und Helfer im Bergwerksstollen. Auf dem freien Platz vor der Kirche begannen sie mit dem Bau. Direkt an der kleinen Straße, die die vier Tore miteinander verband. Ein kleiner Platz blieb zwischen Kirche und Schänke frei und auf Wolfgangs Idee hin wurde auf diesem Platz einmal in jeder Woche am Sonntag nach dem Gottesdienst ein kleiner Markt abgehalten, auf dem alle Lebensmittel verkauft oder getauscht werden konnten. Auch der Wirt stellte einen Tisch nach draußen und verkaufte Bier und Wein. Von Zeit zu Zeit spielten auch Spielleute dort zum Tanz auf und sonntags musste niemand abreiten. Weder im Bergwerk noch auf der Baustelle der Kirche.

14. Kapitel

Ein neuer Kampf

Die Kirche war gerade fertig geworden und sollte am Sonntag geweiht werden, als ein Bote des Herzogs in dem kleinen Dorf eintraf. Er kam nicht mit dem monatlichen Transport und schon das machte die Sache für alle im Dorf aufregend. Was wollte er hier? Er band sein Pferd vor der Schänke an und ging das kurze Stück bis zum Hause der Wachen hinüber, in dem heute Wolfgang saß. Karl war gerade ebenfalls da und so konnte der Bote sofort die Meldung übergeben.

Wolfgang laß das Schriftstück durch und lies es danach sinken. Er sah Karl lange an, bevor er etwas sagen konnte. "Der Herzog ruft uns zum Kampf auf. Es geht wieder in den Norden, dahin wo wir beim Kreuzzug schon mal waren." sagte er dann zu Karl und der nickte verstehend. "Wir werden noch die Kirche einweihen und in der nächsten Woche brechen wir zum Sammelpunkt auf." sagte Wolfgang und verabschiedete den Boten mit einem Handschlag.

Noch bevor der Bote das Dorf wieder verlassen hatte wussten alle Bewohner des Dorfes Bescheid und machten sich Sorgen. Wolfgang rief sofort alle Männer mit ihrer Ausrüstung zusammen. Nur die, welche im Bergbau arbeiteten, sollten im Dorf bleiben, alle anderen würden in dem Kampf ziehen. Die alten Männer würden die Bewachung des Dorfes übernehmen und an den Frauen blieb wieder mehr Arbeit auf den Feldern hängen.

In der Schmiede neben der Schänke wurden die Ausrüstungen repariert und die Männer saßen vor der Schänke auf einer Bank und besserten das Zaumzeug der Pferde aus. Unter Karls Leitung wurden vor dem Dorf Übungen abgehalten und Wolfgang überwachte die Zusammenstellung der Ausrüstung für den Kampf. Sicher würde er wieder, wie damals in Italien, das Banner des Löwen führen und dann müsste Karl die Leute anführen können. Noch war eine Woche Zeit, aber die Tage zogen schnell dahin.

Die Weihe der Kirche würde jetzt wohl auch zu einer Abschiedsfeier für die in den Kampf ziehenden Männer werden und so bereiteten die Frauen das Fest ganz besonders sorgfältig vor. Gisela führte zusammen mit Karls Frau Sieglinde die Frauen des Dorfes an. Sie banden Kränze und flochten Girlanden aus Zweigen und spannten diese auf dem Marktplatz vor der Kirche auf. Wenn etwas Schweres zu bewegen war baten sie die Männer vor der Schänke um ihre Hilfe.

Am Tag vor Sonntag gingen Wolfgang und Karl in den Wald um ein Wildschwein für das Fest zu erlegen. Wolfgang hatte Pfeil und Bogen dabei und Karl den Spieß. Schweigend gingen sie Bergauf. Bald würden sie Seite an Seite im Norden kämpfen müssen und Wolfgang wusste, dass er sich auf seinen Freund verlassen konnte. Ein Knacken im Unterholz lies die Männer erstarren. War da ein Schatten im Gebüsch? War das ein Schwein? Karl zeigte mit dem Speer auf die dunkle Stelle und Wolfgang nickte. Er legte den Pfeil ein und Spannte den Bogen. Noch konnte er nicht schießen, da das Schwein im Gebüsch steckte. Irgendwie mussten sie es dort heraus locken.

Karl näherte sich dem Gebüsch in einem Bogen, so dass das Schwein nach vorn, in Wolfgangs Schussfeld, laufen musste. Als er hinter dem Schwein war schlug er mit dem Speer auf das Gebüsch und das Schwein machte einen gewaltigen Satz nach vorn. Wolfgang schoss, traf das Schwein aber nicht richtig und noch bevor er den nächsten Pfeil greifen konnte drehte das Schwein in seine Richtung.

So von vorn konnte er es nicht richtig treffen. Karl lief um das Gebüsch herum und noch bevor das Schwein sich auf Wolfgang stürzen konnte rammte er seinen Speer in die Seite des verwundeten Tieres. Quickend brach es zusammen und Wolfgang beendete den Todeskampf des Ebers mit seinem Schwert.

Über das Schwein gebeugt dankte Wolfgang Karl und gab ihm die Hand. Zusammen trugen sie das tote Tier auf ihren Schultern hinunter zum Dorf. Vor der Schänke wartete schon der Wirt auf die Beiden, zusammen nahmen sie das Schwein aus und steckten es für den nächsten Tag auf den Spieß, dann brachten sie es in die Speisekammer der Schänke. Der Schmied hatte schon das Holz für das Feuer auf einer Ecke des Platzes zusammengetragen und aufgestapelt.

Im Gottesdienst am nächsten Tag wurde nicht nur die Kirche neu geweiht, sondern auch die Waffen und Ausrüstungen der Männer wurden durch den Bischof gesegnet. Gottes Schutz würde man sicher in den baldigen kämpfen brauchen können. Danach brachten die Männer die Ausrüstung in die Häuser zurück und alle trafen sich auf dem Platz vor der Kirche. Der Schmied hatte mit dem Wirt zusammen das Schwein über das Feuer gehängt und der beginnende Bratenduft zog über den Platz. Die Männer trugen die Tische und Bänke aus der Schänke auf den Platz hinaus. Der Wirt begann mit dem Ausschank von Bier und Wein.

Als das Schwein fertig gebraten war bat Wolfgang Karl das Schwein anzuschneiden, was dieser auch gern tat. Schnell zerlegten sie es und verteilten die Stücken an all die Hungrigen auf dem Platz. Musik wurde gespielt und die Menschen, welche mit dem Essen fertig waren, tanzten zur Musik. Es war ein schöner Anlass, aber gleichzeitig auch ein trauriger, da die Männer am nächsten Tag aufbrechen würden. Gisela und Wolfgang tanzten noch lange an diesem Abend. Keiner von beiden wusste, wann sie wieder tanzen könnten.

Am nächsten Morgen versammelte Wolfgang alle Männer mit der Ausrüstung auf dem Platz vor der Kirche. Zusammen mit Karl prüfte er noch einmal, ob ein jeder alles dabei hatte, was er in den nächsten Wochen oder Monaten brauchen würde. Dann verabschiedeten sich alle bei ihren Familien, die am Rande des kleinen Platzes standen. Wolfgang ließ alle aufsitzen und dann verließen sie langsam das Dorf durch das Tor nach Osten. Die beiden Wachen öffneten das knarrende Tor und ließen die Reiter passieren. Diese schauten noch einmal zurück und winkten, bevor sich das Tor wieder schloss und ihnen den Blick auf ihre Lieben versperrte.

Nun ritten sie schneller und in Zweierreihen durch den Wald. Wolfgang ritt vorn und Karl hielt hinten den Zug zusammen. Wolfgangs Bruder Siegfried ritt vorn mit, hatte aber ein ungutes Gefühl, weil der Kriegszug in die Gegend gehen sollte, in der er jedes Jahr mit seinem Handel Station machte. Er dachte an die Frau, die er dort liebte, lies sich seine Bedenken aber nicht anmerken.

15. Kapitel

Auf einem weiten Weg

Nach einem langen Ritt durch den Wald traf der kleine Zug in Nossen auf die Gruppen aus den anderen Dörfern der Umgebung. Gegen Mittag brach die nun größere Gruppe zum Sammelpunkt des Heeres auf und von dort weiter nach Braunschweig, wo der Herzog zum Heer stoßen würde. Am Tage wurde geritten und nachts wurde gerastet. Schnell kam man voran, nur an den Flüssen musste man etwas warten, bis der Tross mit über die Furten übergesetzt war. Bis Magdeburg ging es dann immer an der Elbe entlang. Dort übernahm der Bischof, der mit seinen Männern zum Zug gekommen war, die Führung des Heereszuges.

Nach zwei Wochen war das Feldlager vor Braunschweig erreicht. Aus anderen Teilen Sachsens trafen weitere Heeresteile ein und es wurden immer mehr Kämpfer. Wolfgang zeigte seinen Männern die zugewiesenen Zelte und ließ die Pferde auf die Weide bringen. Wachen wurden aufgestellt und das, ihm schon aus Italien bekannte, Feldlagerleben begann wieder. Karl war damals auch beim Kreuzzug gewesen aber nicht mit in Italien. So fehlte ihm etwas von der Routine, die Wolfgang, als der Erfahrenere, schon hatte.

Am nächsten Tag inspizierte der Herzog das Heer und ritt das Lager ab. Bei Wolfgang angelang saß er ab und begrüßte ihn mit einem Handschlag. Karl überraschte dieses Verhalten des Herzogs sehr, doch Wolfgang würde es ihm bestimmt noch erklären. Der Herzog sagte "Wolfgang, auch in diesem Kriegszug sollst du mein Banner führen, so wie du es damals in Italien gemacht hast. Damals waren wir Siegreich und auch hier werden wir es wieder sein." Wolfgang bedankte sich für die Ehre und erwiderte "So Gott will werden wir Siegen." Der Herzog nickte und übergab sein Banner an Wolfgang.

Noch an diesem Tag sollte ein Gottesdienst stattfinden und danach wollten sie aufbrechen. Wolfgang übergab seine Männer an Karl und dieser lies alle antreten. Wolfgang stellte sich mit dem Banner zum Herzog und dieser stand neben dem Bischof, der den Gottesdienst durchführte. Zum Abschluss weihte der Bischof das Banner und segnete alle Kämpfer. Eine letzte Nacht würden sie noch hier im Feldlager verbringen und danach bei Sonnenaufgang losziehen.

Für jeden der Männer war es eine sehr unruhige Nacht. Wolfgang dachte noch an den Kampf damals, die Moore und Mücken. Würde es wieder so sein, das es kaum zu Kämpfen kommen würde? Die Wenden und Sorben hatten genug Zeit gehabt, sich auf diesen neuen Krieg vorzubereiten. Lange hatte er am Feuer mit Karl gesessen und auch den besorgten Blick von Siegfried gesehen. Zusammen waren sie damals an diesem See gewesen und er hatte gesehen, dass die Kämpfer dort an einer Burg gebaut hatten. Leicht würde der Kampf bestimmt nicht werden, denn wer eine Burg baut, der hat vor sich zu verteidigen und nicht auszuweichen, so wie beim letzten Mal im Kreuzzug vor Jahren.

Endlich fanden sie doch noch die Ruhe einer kurzen Nacht, bevor die Fanfaren das Heer zu den Waffen riefen. Schnell wurden die Zelte auf die Wagen verladen und der Tross zusammengestellt. Der lange Zug der Kämpfer und Pferde brach auf in einen neuen Krieg.

Am selben Morgen begann in dem kleinen Dorf weit im Süden der erste Arbeitstag für Karls Sohn Bertram in dem Bergwerk. Er war zwei Jahre jünger als Peter, der in diesem Jahr sechzehn geworden war, aber die beiden waren, genauso wie ihre Väter, über die Zeit Freunde geworden. Zusammen liefen sie die kurze Strecke bis zum Stolleneingang. Peter würde ihm alles zeigen und ihn so einarbeiten.

Peter hatte ein gutes Gespür für das Silber im Berg und auch die Erwachsenen hörten auf seinen Rat, wenn es darum ging, ob der Stollen links oder rechts herum gebaut werden sollte.

Peter hatte heute ein ungutes Gefühl als er zum Stollen ging. Vor der Marienstatue am Stolleneingang blieb er heute viel länger stehen und betete. Bertram tat es ihm einfach nach, er musste ja sowieso auf den Älteren warten. Er blickte sich um und sah die Hütten am Eingang, in denen das Erz gewonnen wurde und die Männer und Kinder die zum Stollen zwischen den Bäumen liefen. Alle verschwanden in dem schwarzen Loch, nachdem sie sich die Kienspäne angezündet hatten. Peter gab ihm seine Hacke, die er im Lager empfangen hatte, und zeigte ihm die Wege vor dem Stollen. Gemeinsam gingen sie in den Berg hinein.

Heute würde Peter nicht ganz vorn arbeiten, wie sonst immer, sondern an der Seite, um seinem Freund die Arbeit zu erklären. Er ging in einen kleinen Seitenstollen und nahm seine Hacke. Nach zwei, drei Schlägen hatte er einen großen Brocken Stein abgeschlagen und warf ihn in den Wagen, den die Beiden hinter sich herzogen. Er zeigte Bertram wie und wo er auf den Fels schlagen musste, um den Stein mit dem geringsten Kraftaufwand aus der Felswand zu lösen. Nach ein paar Versuchen gelang es Bertram schon ganz gut und Peter lobte ihn dafür.

Die beiden waren schon ein paar Stunden im Berg, und in ihrem Seitenstollen waren sie ganz alleine, als Peter ein Grollen aus der Felswand hörte. Augenblicklich hörte er auf zu arbeiten und hielt auch Bertram zurück. Der wusste nicht was passierte, sah aber die Angst in den Augen seines Freundes. Die Kienspäne beleuchteten zitternd das Geschehen und dann sagte Peter nur "Lauf!" Beide warfen die Hacken in den Stollen, ließen den Wagen zurück und liefen zum Ausgang des Stollens.

Hinter sich hörten sie ein knarren, als der Stützbalken der Last des Felsens nicht mehr standhalten konnte. Im Laufen rief Peter "Maria, Mutter Gottes hilf uns." und dann fielen die ersten Steine in den Gang. Eine Wolke aus Staub hüllte sie ein und Peter ließ sich fallen. Bertram lief noch ein paar Meter weiter, bis ihn ein Stein an der Schulter traf und er zu Boden ging.

Als sich der Staub verzogen hatte drehte sich Bertram um und schaute in den Gang hinein, den er gerade eben verlassen hatte. Eine Wand aus Steinen lag dort, wo er gerade noch gelaufen war. Er war an der Schulter leicht verletzt worden, aber begann sofort die Steine aus dem Weg zu räumen, da er Peter dahinter vermutete. Er war ja ein paar Meter weiter gelaufen. Schnell kamen die anderen aus dem Stollen zu der Stelle am Seitenstollen gelaufen und halfen mit beim Heraus räumen der Steine.

Nach einer Stunde hatten sie eine kleine Öffnung freigegraben. Peter, der nur leicht verletzt war, hatte von der anderen Seite mit an der Öffnung gegraben. Er hatte sich zur richtigen Seite fallen lassen, als die Wand einstürzte. Sein Gespür hatte ihn gerettet. Er kletterte durch die Öffnung und die beiden Freunde fielen sich in die Arme. Sich gegenseitig stützend verließen sie den Stollen. Im Dorf würden die Wunden der Beiden von Peters Großmutter versorgt werden und schon bald würden sie wieder in den Berg gehen.

16. Kapitel

Gewissensentscheidungen

Sie zogen nun schon eine Woche durch dieses flache Land und es war genau so wie damals. Nur gegen die Mücken mussten sie kämpfen. Kein Feind ließ sich blicken, aber noch waren sie ja auch nicht bei der Burg angekommen, an die sich Siegfried und Wolfgang so gut erinnern konnten. Damals war sie erst im Bau gewesen, aber nun war sie bestimmt fertig und war gut zu verteidigen. Sie lag ja mit drei Seiten am Wasser eines kleinen Sees. Aus diesem See kamen damals die Fische, mit denen Siegfried in Sachsen gehandelt hatte.

Immer wenn Wolfgang Siegfried sah, dann sah er auch die Angst in seinen Augen, dass sie genau zu dieser Burg ziehen würden, um sie zu Belagern, zu erobern oder sie zu zerstören. Dabei wurde immer die Bevölkerung stark betroffen. Wolfgang kannte das noch aus Italien, wo die Stadt fast vollständig zerstört worden war und große Teile der Bevölkerung getötet wurden. Siegfried sorgte sich um seine Freundin Swetlana, die mit ihrer Familie genau in dieser Burg lebte.

Am Morgen hatten sie ein Dorf erobert und waren dabei auf erbitterte Gegenwehr der Dorfbewohner gestoßen. Der Herzog hatte keine Gnade mit den Bewohnern geübt und Wolfgang mit dem Löwenbanner war immer im Zentrum der Ereignisse dabei. Als das Dorf erobert war sah er sich in dem Dorf um. Es sah aus, wie sein eigenes kleines Dorf noch vor zehn Jahren ausgesehen hatte. Er fand in einem der Häuser ein Kreuz und er fragte sich, warum sie diese Menschen hier verfolgten und töteten, obwohl sie an denselben Gott glaubten, wie sie selber.

Sie brannten das Dorf nieder und raubten alles, was es zu rauben gab, aber lange noch sah Wolfgang auf die Rauchsäule hinter sich, die auf ihr Unrecht verwies, wie sie mit diesen Menschen hier umgingen. Für den Herzog sollte das Dorf ein Zeichen setzten, damit die anderen Dörfer keinen Wiederstand leisteten, aber waren sie damit im Recht? Der Kreuzzug vor vielen Jahren war wegen dem Glauben der Slawen an die alten Götter im Prinzip noch gerechtfertigt gewesen, doch dieser Krieg hier? Es ging nur um Reichtum und Ansehen für den Herzog und er, Wolfgang, führte das Banner mit dem Löwen drauf.

Nach diesem zerstörten Dorf stand das Banner für Wolfgang mehr für Vernichtung und Unrecht, als für Sieg und Ehre. Konnte er es mit sich selbst vereinen, hier bei diesem Kampf dabei zu sein? Abends am Feuer saß er schweigend da und war mit jedem Tag mehr in sich gekehrt. Mit niemand konnte er reden, weder mit Karl noch mit seinem Bruder. Wenn er in das Feuer schaute, so sah er in den Flammen die brennenden Hütten des Dorfes wieder vor sich und die getöteten Familien. Die Bauern waren Sorben und er selbst war ein halber Sorbe. Seine Frau war auch aus diesem Volke und er stellte sich vor, dass er gegen sie und seine Familie in den Krieg zog.

Wie kam er aus diesem Kampf wieder heraus? Wenn er dem Herzog wiedersprach, so würde ihn auch die alte Freundschaft aus Kindertagen nicht mehr schützen. Der Herzog hatte viel zu viel zu verlieren und würde keinen Augenblick zögern. Wolfgang kam hier nur aus dem Kampf heraus, wenn dieser zu Ende oder er verletzt war. Verletzen wollte er sich nicht lassen, blieb also nur diesen Kampf so schnell wie möglich zu einem, für beide Seiten gutem, Ende zu bringen. Und das ging nur bei dieser einen Burg, vor der er eigentlich nie stehen wollte.

Hin- und Hergerissen von der Entscheidung ging er auch diese Nacht in sein Zelt und fand lange keinen Schlaf. Im Traum sah er die getöteten Bauer vor sich und im Traum hatten sie die Gesichter seiner Freunde aus seinem Dorf. Im Traum erhob er sein Schwert ... und schreckte Schweißgebadet auf. Dieser Kampf musste enden und das ging nur, wenn er sich seiner Angst stellte. Die Späher des Herzogs kamen an diesem Tag in das Feldlager und sie bestätigten Wolfgangs Befürchtungen. Der Herzog formierte das Heer um und zog in Richtung der Burg, wo sich die Krieger der feindlichen Seite verschanzt hatten.

Swetlana würde also zwangsläufig zwischen die Fronten geraten und er schaute auf Siegfried, in dessen Augen er sofort sah, dass dieser es auch wusste. Wolfgang legte die Hand auf die Schulter des Bruders und versuchte ihn zu Beruhigen, aber dieser war zu sehr verstört von der Erkenntnis, die nun Offensichtlich geworden war. Das Heer brach auf und zog in die Richtung in der sie Beide damals gehandelt und die Fische erworben hatten. Nur ein paar Tage und sie würden da sein.

Kleinere slawische Trupps versuchten den Vormarsch des Heeres zu verzögern und Zeit zu gewinnen, aber gegen die Übermacht des sächsischen Heers hatten sie keine Chance. Schnell wurden die Angriffe abgewehrt und zurückgeschlagen. Immer weiter kamen sie auf die Burg zu.

Peter und Bertram hatten sich von ihren Verletzungen erholt. Eine Woche waren sie nicht im Bergwerk gewesen und ihre Mütter wollten sie gar nicht gern gehen lassen. Heute nun ging es wieder in das Dunkel hinein. Was wohl ihre Väter im Norden machen? fragten sich beide auf dem Weg zum Stolleneingang. An der Marienfigur neben dem Eingang legten sie ein paar Blumen nieder und brannten ein Talglicht an, als Dank für ihre Rettung beim letzten Mal und als Bitte für den Schutz an diesem Tag. Die beiden Jungen gingen auf das dunkle Loch im Felsen zu.

Heute würden sie im Hauptstollen arbeiten, bei den anderen und als sie an dem halb eingefallenen Seitenstollen vorbei kamen mussten beide Schlucken. Die Arbeit an dem Tag verlief aber ohne Probleme. Wie immer schmerzten Peter alle Muskeln, als er am Abend den Stollen wieder verließ und auch Bertram konnte kaum noch einen Arm heben. Schwer war die Arbeit hier im Stollen, aber sie wurde gut bezahlt. Durch die Arbeit in dem Silberstollen kam ein kleiner Wohlstand in das Dorf, das nun langsam zu einer kleinen Stadt wurde. Immer mehr Leute zogen in das Dorf.

Bertram fiel am Abend ohne essen auf sein Lager. Er konnte keinen Arm mehr heben und am nächsten Tag sollte die Arbeit wieder bei Sonnenaufgang beginnen. Die Nacht war einfach zu kurz, um sich zu erholen, er stand am Morgen vollkommen zerschlagen auf und dennoch musste er wieder in den Stollen hinein.

17. Kapitel
Ein silberner Fluch

Wie jeden Tag, außer Sonntags, zogen auch an diesem Abend die Arbeiter aus dem Bergwerk zusammen mit dem Wagen, in dem sich die Silberausbeute des Tages befand, zurück in das Dorf über den steinigen Weg. Keiner von ihnen bemerkte, dass sie aus dem Gebüsch beobachtet wurden. Der kleine Reichtum, der sich in dem Wagen befand, zog auch Räuber an. Jetzt am Tag und mit den vielen Männern war der Wagen sicher und wurde in das Lager neben der Schänke gebracht. In den nächsten Tagen würde die Ausbeute des ganzen Monats nach Meißen gebracht werden. Dazu würden dann wieder die Wachen und Kämpfer des Herzogs hier eintreffen.

Nachdem das schwere Schloss vor dem Lager angebracht und die Tore des Dorfes verschlossen worden waren gingen die meisten Bergmänner auf einen Abendschluck in die kleine Schänke. Sie tranken meist nur wenig und redeten viel, da sie im Stollen den ganzen Tag nicht zum reden gekommen waren. Der Wirt erzählte, was am Tag passiert war und die Männer, wie schwer die Arbeit im Berg war. So wie jeden Abend.

Als es dunkel wurde schlichen sich die Räuber, es waren etwa zwanzig, zu Fuß den Weg entlang in Richtung Tor. Von dort gingen zwei von ihnen die Mauer entlang, um eine Stelle zum drüber klettern zu finden. An einer Stelle konnten sie ein Seil über die Mauer werfen und unbemerkt auf die andere Seite gelangen. Im Schutz der Dunkelheit schlichen sie an der Mauer wieder zurück zum Tor. Dort standen zwei ältere Männer als Wache neben einem Feuer. Die beiden Räuber sprangen die Wachen von hinten an und töteten die beiden Männer schnell mit dem Dolch. Danach öffneten sie das Tor für ihre Gefährten.

Leise schlichen die Räuber die Straße entlang zu dem Lager, vor dem ebenfalls eine Wache stand. Diese sah die fremden Männer kommen und rief sie an. Da die Räuber nun merkten, dass die Überraschung nicht gelungen war stürzten sie sich mit lautem Gebrüll auf die Wache. Der Wachposten zog sein Schwert und wehrte sich, er hatte aber gegen die Übermacht der Räuber keine Chance.

Durch das Gebrüll auf der Straße wurden die Bergarbeiter in der Schänke auf das Geschehen direkt vor ihrer Tür aufmerksam. Mit Fackeln und ihren Hacken stürzten sie auf die Straße, wo sie sich einer gleichgroßen Menge an Räubern gegenüber sahen. Beide Seiten zögerten einen Moment, bevor die Bergarbeiter sich mit erhobenen Hacken auf die Räuber stürzten. Mit solch einer Gegenwehr hatten die Räuber nicht gerechnet. Sie hatten angenommen, dass alle Männer mit im Krieg waren und die Bergleute schon in ihren Betten lägen.

Mit Peter und Berthold voran machten die Bergleute die Hälfte der Räuber nieder und jagten den Rest aus dem Dorf. Erst am Tor sahen sie, dass die beiden Wachen hinterrücks ermordet worden waren. In die Dunkelheit wollten sie aber nicht hinein laufen, sondern verschlossen das Tor und suchten dann mit Fackeln das ganze Dorf ab, ob sich noch ein Räuber versteckt hielt. Hinter einer Hütte konnten sie noch zwei verletzte Räuber fangen und fesselten diese.

Die Räuber wurden in einem Raum des Wachhauses eingesperrt und da die Boten des Herzogs am nächsten Tag kommen würden, wollte man sie zur Aburteilung an diese Übergeben. Nachdem das Dorf wieder sicher war wurden neue Wachen aufgestellt und alles begab sich zur Ruhe. Die Wachen hielten in dieser Nacht besonders gut Ausschau, denn keiner wusste, ob die Räuber nicht noch einmal zurück kommen würden, um ihre Kumpane zu befreien, oder das Silber doch noch zu stehlen.

Der Rest der Nacht blieb aber ruhig, nichts geschah mehr bis zum Sonnenaufgang. An diesem Tag würden die Berglaute nicht zum Stollen gehen, sondern im Dorf bleiben. Einige von den Wachen kontrollierten bei Tageslicht die Mauer und fanden auch die Stelle, an der die Räuber über die Mauer geklettert waren. Schnell verschlossen sie diesen Einbruchsweg. Gegen Mittag trafen die Krieger des Herzogs mit dem Silberwagen ein, um die Monatsausbeute zu holen. Peter erzählte den Boten von den Vorfällen der letzten Nacht und brachte ihn zu den beiden gefangenen Räubern.

Die Krieger packten die Räuber gefesselt auf den Wagen und versprachen sie vor Gericht zu stellen. Vorher würden sie sicher noch den Aufenthaltsort der Bande verraten, da war sich der Bote sicher. Er dankte Peter sowie den anderen und nachdem das Silber aufgeladen war brach der Zug auf. Die Räuber saßen nun zwar auf dem Silber, das sie erbeuten wollten, doch so hatten sie sich ihren Raubzug nicht vorgestellt. Nachdem sie den Aufenthaltsort der restlichen Bande verraten hatten würde man sie bestimmt zum Tode verurteilen. Da waren sie sich sicher und helfen würde ihnen niemand mehr.

Als der Zug das Dorf verlassen hatte, sowie das Tor geschlossen war, setzten sich alle Bewohner des Dorfes auf den Marktplatz zusammen und beratschlagten die Lage im Dorf. Durch das Silber kam ein kleiner Wohlstand in das Dorf, aber es gab damit eben auch die Gefahr, das Räuber wieder kommen würden. Gisela und Sieglinde, die in Abwesenheit ihrer Männer das Dorf führten, mussten auf eine Verstärkung der Wachen bestehen. So lange ihre Männer im Norden im Krieg waren konnten nicht mehr so viele Männer wie bisher in den Stollen gehen. Es mussten mehr Wachen als bisher im Dorf zurück bleiben.

Die Silbergewinnung durfte aber auch nicht weniger werden. Damit blieb mehr Arbeit in dem Bergwerk an weniger Männern hängen. Der Leiter des Bergwerks wollte am nächsten Tag, zusammen mit Peter, nach Meißen reiten, um dort über den Bischof einen Aufruf zu starten. Bei dem sogenannten Berggeschrei ging es um die Anwerbung von Arbeitern für Stollen und Hütte. Peter hatte Giselas Schimmel bekommen, mit dem er schnell los ritt. Vom Bischof holten sie sich die Genehmigung nach neuen Arbeitern zu suchen. Mit dieser Genehmigung ritten Peter und der Bergwerksleiter durch die Dörfer und warben Bauer an. Peter erzählte von dem guten Verdienst und der schweren Arbeit.

Viele Bauern waren schwere Arbeit gewohnt und die hohe Entlohnung lockte sie in das kleine Dorf. Immer mehr Häuser entstanden innerhalb der Mauern. So konnten sie letztendlich auch die Ausbeute des Bergwerkes wieder auf den alten Stand bringen und damit wurde die Arbeit auch für Peter, der nun als Steiger etwas Verantwortung erhielt, einfacher.

18. Kapitel

Ein Kampf unter Brüdern

Im Norden hatte das Heer die Burg erreicht, das fremde Heer gestellt und in der Burg eingekreist. Nur von einer Seite aus konnte man an die Burg gelangen, von drei Seiten war sie von Wasser umschlossen. Von dort konnte die Burg auch Nachschub erhalten und um den zu unterbinden sah sich der Herzog gezwungen, mit Booten auch diese Seiten zu umfassen. Die Fischer an diesem See kannten aber die Möglichkeiten viel besser und mehr als einmal entkamen sie ihren Verfolgern. Den ganzen See abzusichern war dem Heer des Herzogs unmöglich. Kleine berittene Trupps versuchten immer wieder den Nachschub abzuschneiden, aber meist ohne Erfolg.

So konnte die Belagerung noch Jahre weitergehen, war sich der Herzog sicher und auch Wolfgang war dies klar. Diese Art der Belagerung konnte nicht gehen. Sie würden die Burg stürmen müssen, von der einen Seite wo dies möglich war. Jeder Angriff war aber bisher unter dem Pfeilhagel der Verteidiger zusammengebrochen. Das sächsische Heer kam einfach nicht an die Burg heran. Was konnten sie tun? In Italien hatten sie mit Wurfgeschützen Steine in die Stadt geworfen und so wollten sie es nun auch hier machen. Ein Teil des Heeres wurde in die umliegenden Wälder abkommandiert, um Bäume zu fällen und vor der Burg zusammen zu tragen.

Siegfried sah das alles mit gemischten Gefühlen, einerseits wollte er, das der Kampf schnell zu Ende gehen würde, aber andererseits wollte er auch nicht, das durch in die Stadt geworfene Steine die Bevölkerung, besonders seine Freundin Swetlana, gefährdet werden würde. Schnell wuchsen die Arme der Wurfgeschütze in den Himmel.

Die Belagerten in der Burg kannten diese noch nicht und rätselten, wozu sie wohl dienen würden.

Nach einer Woche waren alle fertig und wurden geweiht. Und dann begann der Hagel von Steinen auf die Belagerten in der Burg niederzugehen. Am Anfang trafen die Steine noch nicht so gut, aber mit jedem Stein stieg auch die Trefferquote. Die Wurfgeschütze standen außerhalb der Pfeilreichweite und schleuderten von Sonnenaufgang bis Sonnenuntergang alle Arten von Steinen in die Burg. Zum Glück für die Burgbesatzung waren in der Umgebung nicht so viele große Steine vorhanden, doch der Herzog hatte schon Wagen ausgeschickt, um auch größere Steine zu besorgen.

Nach einiger Zeit trafen die ersten Wagen ein und die Wurfgeschosse wurden sehr viel schwerer. Sie flogen aber auch nicht mehr so weit. Meist schlugen sie direkt vor der Mauer ein. Näher ran konnte man wegen der Pfeile aber nicht. Was war zu tun? Kleinere Steine richteten kaum Schaden in der Burg an und die schweren flogen nicht so weit. Konnte man nicht einen Schutz vor den Pfeilen aufbauen, um die Männer an den Wurfgeschützen davor zu bewahren, getroffen zu werden?

Das Heer baute einen beweglichen Schutz aus Baumstämmen, den es langsam nach vorn schob. Immer hinter der Deckung ging es Meter für Meter nach vorn. Das sumpfige Gelände vor der Burg ließ aber die Wurfgeschütze stecken bleiben. Das funktionierte also auch nicht so einfach. Es musste erst noch der Weg befestigt werden und dann würde man weiter vorwärts gehen.

Immer wieder fragte sich Wolfgang, warum sie hier überhaupt im Krieg waren. Besonders am Sonntag wurde dies ganz offensichtlich. Innerhalb und Außerhalb der Burg wurden Gottesdienste zu dem gleichen Gott abgehalten. Wollte man Gott wirklich dazu bringen eine Entscheidung zu treffen? Konnte das die Antwort sein? Wohl eher nicht. Immer mehr Kämpfer im Heer sahen die Sinnlosigkeit dieses Kampfes ein, waren aber durch ihren Eid auf den Herzog gezwungen weiter mitzumachen. Mit jedem Tag der Belagerung war das Ende immer ungewisser und deshalb wollte der Herzog die Belagerung schnell zu Ende bringen.

War es nicht möglich die Burgbesatzung zur Aufgabe zu bewegen? Konnten Verhandlungen helfen, solange er hier noch in einer starken Position war? dachte sich der Herzog. Er schickte eine Abordnung zu dem Burgherren, aber der wusste genau, dass die Zeit für ihn zählte. Mit jedem Tag, den er aushielt, stiegen seine Chancen, gut aus dieser Belagerung heraus zu kommen.

Im fernen Sachsen warteten die Familien auf die Rückkehr der Männer. Jeden Tag gingen die Frauen in die Kirche, um für eine sichere Heimkehr zu beten. Gisela hoffte insgeheim, dass die Männer, und vor allem Wolfgang, noch vor dem Winter wieder in ihrem Dorf sein würden. An ihr und Sieglinde blieb die ganze Verwaltung des Dorfes hängen und das wurde durch den Zuzug der neuen Bergarbeiter mit jedem Tag größer. Sie brauchten eine Verwaltung, die nur noch dies tat, das Dorf verwalten.

Das Gebäude der Wache wurde so umgebaut, dass die Verwaltung und das Silberlager mit in ihm untergebracht werden konnte. Besonders dick wurde die Mauer um dieses Haus gezogen, damit kein Dieb sich an den Schatz heran machen konnte. Von hier aus wurde ab jetzt das Dorf, aber auch das kleine Bergwerk, verwaltet und hier waren auch immer mindestens eine der Frauen anwesend, die eine Entscheidung treffen konnten. Wenn diese Entscheidung größer war wurde in der Schänke eine Versammlung einberufen, an der ein jeder teilnehmen konnte. Soweit möglich wurden alle großen Entscheidungen zusammen getroffen.

Auf einer dieser Versammlungen wurde auch entschieden, die bisher drei Meter hohe Holzwand um das Dorf durch eine genauso hohe Steinmauer, mit kleinen Türmen in einigen Abstand, zu ersetzen. Diese Mauer wurde vor der alten Mauer errichtet, um mehr Platz innerhalb des Dorfes zu schaffen und so wuchs das Dorf nun wiederum ein kleines Stück. Meter für Meter begann die Mauer sich um das Dorf zu schließen. Sie begannen an der östlichen Seite, wo auch der Steinbruch war und kamen immer weiter vorwärts. Frauen und Kinder schleppten Steine und die Männer bauten sie auf. Sie hatten dabei eine beachtliche Geschicklichkeit erreicht und so ging die Arbeit flott voran. Wolfgang und die anderen Männer würden bestimmt staunen, wenn sie zurück kommen würden. Sie würden ihr kleines Dorf bestimmt nicht wieder erkennen.

Gisela war sehr stolz auf das, was die Bewohner leisteten, und das sogar ohne die Männer, die im hohen Norden immer noch im Krieg waren. Wie würde es ihnen wohl gehen? Immer wenn sie abends von dem Verwaltungsbau, an der Kirche vorbei, nach Hause ging und nach Norden schaute bat sie an der kleinen Kirche die Marienstatue um Schutz für ihren Mann.

19. Kapitel
Das Ende einer Burg

Die Abordnungen zur Übergabe der Burg wurden nun fast täglich losgeschickt und jedes Mal kamen sie ohne Erfolg zurück. Der Herzog wurde langsam ungeduldig und tobte jedes Mal, wenn er wieder eine negative Antwort erhielt. Bei einer dieser Abordnungen war auch Siegfried dabei. Als er, zusammen mit den anderen, den Raum der Verhandlungen betrat, sah er sofort, dass Swetlana auch mit anwesend war. Ihre Blicke trafen sich über den Tisch hinweg und keiner der Beiden konnte wieder wegsehen.

Als die Abordnung wieder aufbrechen wollte konnte er beim Verlassen des Raumes ein paar Worte mit ihr wechseln und von nun an würde er jeden Tag versuchen in die Burg zu kommen. Zum Glück schöpfte Keiner der Anwesenden Verdacht und als er am Abend beim Herzog vorsprach schöpfte dieser die Hoffnung, dass man durch Swetlana vielleicht die Belagerung beenden könne. An diesem Abend schrieb Siegfried ein paar Zeilen, die er ihr am nächsten Tag zustecken wollte. Würde er sie überreden können, sich für die Aufgabe der Belagerung einzusetzen?

Beim Treffen am nächsten Tag steckte er ihr heimlich den Zettel zu, ohne dass es jemand anderes merkte. Sie nickte und verschwand, um die Nachricht zu lesen. Als sie wieder in dem Raum erschien nickte sie Siegfried zu, was er so deutete, das sie sich für ein Ende der Belagerung einsetzen würde. Am nächsten Tag steckte sie ihm einen Zettel zu, den er sorgfältig verbarg und erst am Abend im eigenen Lager lesen würde.

Ihre Nachricht hatte einen persönlichen Teil, in dem sie sich freute ihn wieder zu sehen und in dem sie ihm mitteilte, wie froh sie wäre, wenn sie beide zusammen leben könnten, und einen offiziellen Teil den Siegfried zuerst mit seinem Bruder lesen würde, um ihn dann dem Herzog zuzuleiten. In diesem zweiten Teil machte sie ihnen keine Hoffnung auf eine friedliche Lösung der Belagerung. Sie hatte versucht mit verschiedenen Kämpfern über die Aufgabe der Belagerung zu reden und sie umzustimmen, aber bei jedem war sie nur auf Ablehnung gestoßen.

Swetlana würde versuchen, das Tor der Burg am Morgen zu öffnen und ein Zeichen zu geben, damit das sächsische Heer die Burg stürmen könnte. Sie sollten sich am übernächsten Tag bei Sonnenaufgang bereit halten und sie bat darum die Bevölkerung in der Burg zu schonen. Als Wolfgang, zusammen mit Siegfried, dem Herzog diese Nachricht überbrachte stimmte dieser dem Plan zu. Als Bestätigung hatte Swetlana darum gebeten, dass ein Boot mit dem Löwenbanner über den See rudern solle.

Nachdem der Herzog in die Bedingungen eingewilligt hatte ging Wolfgang mit dem Banner zu einem Boot am Seeufer und lies sich über den See rudern. Swetlana stand auf dem Turm der Burg und sah das Boot. Jetzt wusste sie, was sie zu tun hatte. Am Abend brachte sie den Wachen am Tor einen Krug Wein, in den sie ein starkes Schlafmittel gegeben hatte. Damit würden die Wachen sicher schlafen und sie könnte das Tor öffnen.

In dieser Nacht machten sich im sächsischen Lager alle Kämpfer bereit zum Sturm auf die Burg. In der Dunkelheit des Morgens und durch den Nebel am See geschützt bewegte sich das Heer leise auf die Burg zu und ging vor der Burg in Position. Alle warteten auf Swetlanas Zeichen. Diese schlich im Inneren der Burg zum Tor. Wie geplant schliefen die Wachen tief und fest. Leise öffnete sie das Tor und griff zu einer Fackel, die an der Seite stand. Mit der Fackel lief sie vor das Tor und gab das verabredete Zeichen für das sächsische Heer.

Ein Wachposten auf einem Turm der Burg hatte sie aber bemerkt. Er alarmierte die Besatzung der Burg und schoss einen Pfeil auf sie ab, der Swetlana in den Rücken traf. Tödlich verwundet brach sie in den Armen Siegfried zusammen, der an der Spitze des Heeres in die Burg stürmen wollte. Er zog sie zur Seite und nahm sie in den Arm während das Heer in die Burg stürmte. Alle Kämpfer mussten an den Beiden vorbei und ein jeder hatte Wut in sich, darüber, was passiert war. Das Versprechen des Herzogs ließ sich so nicht mehr halten.

Die Besatzung der Burg stürmte dem Heer entgegen, aber die Übermacht der Sachsen war viel zu groß. Angestachelt durch die Wut kämpften sie verbissen. An der Spitze schlug Wolfgang mit seinem Schwert um sich, während er das Banner des Löwen führte. Im hinteren Teil der Burg versuchten noch viele über das Wasser des Sees zu entkommen, aber wer in der Burg geblieben war, der wurde von der Raserei des sächsischen Heeres niedergemacht.

Nur ein paar Stunden und die Burg stand in Flammen und brannte restlos nieder. Das Heer stand um die Burg herum und lies niemanden mehr entkommen, bis nur noch rauchende Trümmer von dem übrig waren, was am Morgen noch eine stolze Burg gewesen war. Die ganze Zeit hatte Siegfried Swetlana im Arm gehalten und erst nun, da keine Burg mehr übrig war, lies er sie los. Seine Tränen hatten ihr Gesicht ganz nass gemacht und zusammen mit seinem Bruder trug er sie nun in das Lager der Sachsen zurück.

In der geweihten Erde neben einer kleinen Kirche beerdigten sie am nächsten Tag die mutige Frau. Auch der Herzog war mit anwesend und versuchte, Siegfrieds Kummer zu mildern, doch das gelang ihm nicht. Am Abend des Tages entließ er Siegfried aus dem Heeresdienst wieder in die Heimat. Wolfgang verabschiedete sich von seinem Bruder und danach brach Siegfried auf, in das Dorf weit im Süden. Seinen Kummer nahm er dorthin mit. Die Geschichte ihrer Familie war wieder einmal eingetreten würde Gisela bestimmt sagen, wenn er ihr davon erzählen würde.

Langsam ritt er auf den altbekannten Wegen seiner Heimat entgegen. Wie oft war er hier entlang geritten um seine Swetlana zu treffen? Und nun war sie Tod, sie hatte sich für den Frieden geopfert und er wollte in ihrem Sinne sein Leben weiter führen. Er wollte kein Händler mehr sein, doch was er nun machen würde, dass müsste er erst einmal überlegen. Bei Magdeburg überquerte er die Elbe und ritt danach auf der südlichen Seite der Elbe weiter. Sein Weg bis nach Hause war noch weit und er überlegte immer noch, was er von jetzt an tun würde.

20. Kapitel

Nach Hause

Am Tage nachdem Siegfried das Heer verlassen hatte beschloss der Herzog mit dem Heer die versprengten Teile der Burgbesatzung zu verfolgen. Einige waren über den See entkommen und flohen jetzt in Richtung Norden, wo sie auf Unterstützung durch Verbündete hoffen konnten. Auch auf dieser Verfolgung ging der Herzog nicht besonders gut mit der einheimischen Bevölkerung um. Wer sich wiedersetzte wurde getötet und das obwohl auch sie Christen waren und sich nur gegen die vielfachen Plünderungen zur Wehr setzen wollten.

Nach einer Woche war das Heer am Ufer eines großen Meeres angelangt. Kein Boot war mehr da, alle Menschen waren mit ihnen auf eine große Insel geflohen und dorthin konnten sie nicht verfolgt werden. Missmutig brach der Herzog, sehr zur Freude des ganzen Heeres, die Verfolgung ab und lies wieder in Richtung Süden marschieren. Nach einer Woche waren sie wieder bei den Trümmern der Burg und nach einer weiteren in Braunschweig, wo der Herzog mit einem Dankgottesdienst das Heer wieder in die Heimat entließ. Nach dem Gottesdienst übergab Wolfgang das Löwenbanner an den Herzog, in der stillen Hoffnung, es nie wieder führen zu müssen. Dieser Kampf hier hatte ihm gereicht und er wollte dies nicht noch einmal machen müssen.

Schnell und ohne sich umzusehen ritten sie los. Nur schnell weg hier. Die Heimat und die Familien warteten schon in ihrem Dorf auf sie. Es dauerte noch einmal etwas mehr als eine Woche, in der sie erst nach Magdeburg ritten und dann, so wie Siegfried vor ihnen, der Elbe nach Süden folgten. Nachts blieben sie in kleinen Schänken am Wegesrand oder aber auf einer Lichtung im Wald, wenn der Weg bis zur nächsten Schänke zu weit gewesen wäre. Aus Sicherheitsgründen ritten sie nur am Tage, man konnte nie wissen, was hinter der nächsten Ecke war und ob der Weg in Ordnung war.

Als sie dann am Bergwerk vorbei waren und um den kleinen Hügel herum ritten, hinter dem sie ihr Dorf wieder sehen konnten, stutzen die Männer. Hier hatte sich ja eine Menge verändert in der Zeit in der sie weg gewesen waren. Vom Tor, das direkt vor ihnen lag, führte der Anfang einer Mauer aus Stein zu beiden Seiten um das Dorf. Noch war sie nicht fertig und auch nur einen Meter hoch, aber man konnte schon sehen, wo sie einmal entlang gehen würde. Auch viele neue Häuser gab es jetzt in dem Dorf.

Waren es bei ihrem Abritt gerade mal 40 Männer gewesen, so waren es nun, mit ihnen die zurück kehrten, doppelt so viele. Also auch doppelt so viele Familien. Schnell ritten sie auf das Tor zu und zu ihren Häusern. Gisela stand auf dem Marktplatz vor der Verwaltung als die Männer eintrafen und Wolfgang stoppte sein Pferd genau vor ihr. Schnell sprang er aus dem Sattel und umarmte seine Frau. "Ich habe dich so vermisst." sagte er und "Hast du Siegfried gesehen? Ist er schon im Dorf angekommen?". Giesela nickte "Es geht ihm aber nicht gut." sagte sie. Wolfgang nickte verstehend. "Der Fluch unsere Familie." sagte er schließlich und seine Frau nickte traurig.

Das Pferd hinter sich herführend gingen sie zu ihrem Haus hinüber, wo die Kinder sich sofort auf ihren Vater stürzten und ihn umarmten. Auch Peter war da und gab dem Vater die Hand zur Begrüßung. Nachdem Wolfgang das Pferd in den Stall und die Ausrüstung in das Haus gebracht hatte ging er zu seinem Bruder hinüber. Siegfried saß in seinem Haus und starrte die Wand an. Keine Regung konnte Wolfgang ihm entlocken. Zu groß war die Trauer des Bruders über den Verlust seiner großen Liebe in der Schlacht an der Burg. Was konnten sie tun, außer ihm zur Ruhe kommen zu lassen?

Am nächsten Tag übernahm Wolfgang von seiner Frau wieder die Verwaltung des kleinen Dorfes. Er war mächtig stolz darauf, was sie in seiner Abwesenheit alles geleistet hatte und was schon in ihrem Dorf gebaut worden war. Zusammen gingen sie, Hand in Hand, alle Baustellen im Dorf ab. Nun, da die Männer wieder da waren, hatte es auch viel mehr helfende Hände im Dorf und die Arbeiten gingen überall schnell von der Hand.

Sie beschlossen am Sonntag eine kleine Feier zum Dank für die Rückkehr zu veranstalten und zuvor in der Kirche einen Gedenkgottesdienst für Swetlana abzuhalten. Schließlich hatten sie es ihr zu verdanken, dass sie so schnell und unverletzt wieder in der Heimat waren. Wolfgang bat Siegfried diesen Gottesdienst vorzubereiten, was dieser Dankbar annahm. Endlich hatte er eine Aufgabe und konnte dabei auch noch an Swetlana denken.

Zur Vorbereitung der Feier wollte Wolfgang mit Peter auf die Jagd gehen, was dieser freudig annahm. Zusammen verließen sie im Morgengrauen das Dorf in Westlicher Richtung durch das Tor und zogen den kleinen Hügel hinauf in den Wald hinein. Auf dem Weg dorthin konnten sich Vater und Sohn ungestört unterhalten und austauschen. Peter erzählte von der Arbeit im Stollen und sein Vater war mächtig stolz auf ihn. Er legte seine Hand auf die Schulter des Sohnes und sagte "Du bist schon ein richtiger Mann. Wann möchtest du heiraten? Hast du dir schon jemanden ausgesucht?" Peter wurde verlegen und ganz rot im Gesicht. Nach einer Weile antwortete er "Ja, ich habe ein Auge auf Edith, die Tochter unseres Nachbarn geworfen. Kannst du mit ihrem Vater sprechen?" "Natürlich, das mache ich doch gern." antwortete Wolfgang erfreut.

Als sie eine kleine Lichtung erreichten sahen sie am gegenüberliegenden Waldrand eine Bewegung im Unterholz. Sie duckten sich und beobachteten schweigend, was sich da über die Lichtung bewegte. Ein Reh trat vorsichtig, nach allen Seiten schauend, auf die Grasfläche heraus. Wolfgang gab den Bogen an seinen Sohn weiter. Peter legte den Pfeil an, spannte den Bogen und mit einem surrenden Geräusch saute der Pfeil auf sein Ziel zu. Das Reh machte noch einen Satz und brach dann getroffen zusammen. Schnell liefen die beiden Männer hinüber, um es zu erlösen, aber das Reh war schon Tod. "Ein sehr guter Schuss." lobte der Vater Peter der nun wiederum Rot wurde.

Zusammen trugen sie das Reh, auf einen Ast gehängt, den Hügel hinunter in Richtung des Dorfes zurück.

21. Kapitel
Am Eingang des Klosters

Die kleine Kirche war festlich geschmückt und überall waren Blume aufgestellt. Siegfried hatte mit Gisela und Sieglinde zusammen den Gedenkgottesdienst für Swetlana vorbereitet, der nun heute stattfinden sollte. Er selber würde die Andacht halten, das hatte er mit dem Pfarrer so abgesprochen, und danach würde der Pfarrer den Gottesdienst weiter leiten. Die Bevölkerung des kleinen Dorfes, aber auch Bewohner aus anderen Dörfern der Umgebung, strömten in die kleine Kirche, die sich schnell bis zum letzten Platz füllte. So viele Leute waren lange nicht mehr hier gewesen.

Alle die mit im Krieg waren hatten Swetlana das Ende der Kämpfe zu verdanken und die Familien verdankten ihr vielleicht, dass ihre Angehörigen noch lebten. In der feierlichen Stimmung des Gedenkens hinein überlegte sich Siegfried, nachdem er seinen Teil des Gottesdienstes erfüllt hatte, ob nicht dieser Weg für ihn der richtige sein würde. Nicht der Weg des Schwertes, sondern der Weg des Wortes könnte ihm helfen den Schmerz zu überwinden. Hier in dieser Kirche schwor er sich nie wieder ein Schwert in die Hand zu nehmen.

Bei der Feier auf dem Platz vor der Kirche nach dem Gottesdienst nahm er seinen Bruder zur Seite, um ihm seinen Entschluss mitzuteilen. Wolfgang stimmte ihm zu. Er war froh, dass Siegfried wieder einen Sinn in seinem Leben gefunden hatte. Er wolle sich beim Bischof in Meißen für seinen Bruder einsetzen versprach er. Siegfried nickte dankbar.

Bereits am nächsten Tag ritt Wolfgang los. Der Bischof empfing ihn sofort, schließlich hatte er im Krieg immer das Banner des Herzogs getragen und so eine wichtige Person ließ man nicht warten. Wolfgang trug die Bitte seines Bruders vor und der Bischof willigte ohne langes überlegen gern ein. Am Sitze des Bischofs würde die Ausbildung Siegfrieds noch in dieser Woche beginnen können, versicherte der Bischof. Wolfgang bedankte sich und machte sich auf den Rückweg.

Siegfried packte seine Sache zusammen als Wolfgang wieder im Dorf eintraf, ohne dessen Antwort abzuwarten. Er wusste, dass dieser die richtige Antwort vom Bischof erhalten hatte. Als er sein Pferd gesattelt hatte ging er zu Giesela und sagte zu ihr "Mit mir wird der Fluch enden, der auf dieser Familie lastet. Mit Swetlana hat sich der Kreis geschlossen und ihr Tod hat uns alle erlöst." Gisela dankte ihn und verabschiedete die beiden Männer.

Da es bereits späte am Tag war würden sie unterwegs übernachten müssen, aber Siegfried wollte noch an diesem Tag zum Kloster aufbrechen. Sie ritten über den Marktplatz und zum Tor. Dort verabschiedete sich Siegfried von Karl, der an diesem Tag die Wache am Tor hatte. Schnell ritten sie am Bergwerk vorbei in Richtung Osten. Siegfrieds neuem Weg im Kloster entgegen.

Schweigend ritten sie den Pfad im Wald entlang. Die Nacht hatten sie in einer Schänke verbracht und auch dort hatte keiner ein Wort gefunden. Worüber hätten sie auch reden sollen, als über Siegfrieds Verlust? Gegen Mittag trafen sie im Kloster ein. Wolfgang läutete, während Siegfried seine Sachen vom Pferd nahm. Als das Tor sich öffnete umarmten sich die beiden Brüder wortlos zum Abschied. Der Abt des Klosters begrüßte Siegfried an der Pforte.

Als Siegfried mit dem Abt durch das Tor ging drehte er sich noch einmal um und sagte "Ich gehe den Weg Gottes, das ist mein Weg. Gehe du bitte nicht mehr den Weg des Schwertes." Wolfgang nickte und dann schloss sich das Tor hinter seinem Bruder. Wolfgang blieb noch eine Weile vor der Pforte stehen und schaute auf das geschlossene Tor, bevor er wieder auf sein Pferd stieg.

Mit den zwei Pferden ritt Wolfgang, in Gedanken versunken, wieder zurück in sein Dorf. Er sah auf das Schwert an seiner Seite, dass ihm in so vielen Kämpfen gute Dienste geleistet hatte und mit dem er mehr als einmal sein Leben verteidigt hatte. Ab diesem Moment würde er es nur noch verwenden, um seine Familie zu schützen, falls dies einmal notwendig werden sollte. Ihm blieb nun aber immer noch eine Frage: wie sollte er seine Haltung dem Herzog gegenüber darstellen? Würde dieser ihn verstehen? Oder sollte er darauf vertrauen, dass es keinen Krieg mehr geben würde? Er überlegte hin und her und bei seinem Eintreffen in dem Dorf am darauffolgenden Tag hatte er eine Entscheidung getroffen, die er schon viel zu lange vor sich her geschoben hatte. Er würde nie wieder in den Krieg ziehen und das Banner mit dem Löwen darauf wollte er auch nie wieder tragen.

Gisela begrüßte ihn wieder zu Hause und er teilet ihr seine Entscheidung mit. Einerseits war sie froh, dass er nicht mehr in den Krieg ziehen würde, andererseits war sie aber auch besorgt, was der Herzog dazu sagen würde. Sie teilte Wolfgangs Sorgen und hoffte auf das Verständnis des Herrschers. Wolfgang würde eine Nacht über die Entscheidung schlafen und dann würden sie gemeinsam eine Lösung finden da waren sie sich sicher.

Siegfried hatte im Kloster sein Zimmer bezogen. Der Abt hatte ihm alles gezeigt. Die kleine Klosterkirche, den Speisesaal, die Bibliothek und den Klostergarten. Siegfried würde ab jetzt Bruder Thomas heißen und sich in der Bibliothek um das Vervielfältigen der Bücher kümmern. So konnte er das Wort Gottes am besten verbreiten. Nach der Abendandacht stellte der Abt beim gemeinsamen Abendessen den neuen Bruder der Gemeinschaft vor.

An nächsten Morgen ging Siegfried, der nun Thomas hieß, in die Schreibstube. Zehn Mönche schrieben dort Bibeln und andere Bücher ab. Er erhielt einen Tisch, Schreibzeug und eine Bibel, dann nachte er sich daran, diese Bibel zu kopieren. Mit jedem Wort, das er schrieb, verstärkte sich in ihm die Gewissheit, dass er das richtige tat. Sorgfältig setzte er die Feder mit der Tinte auf das Blatt. Mit einem leichten Schwung blieben die kleinen schwarzen Buchstaben auf dem weißen Blatt zurück.

Ab und zu, wenn er aus dem kleinen Fenster in den Garten des Klosters schaute, dachte er an Swetlana und bei jeder Andacht gab er ein Gebet auch für ihre Seele ab. Er war sich sicher, dass sie es hören würde und er war sich auch sicher, dass sie an der Seite Gottes im Himmel saß. Schließlich war auch sie Christin und war für ihre Aufgabe gestorben, sie hatte sich für den Frieden als Märtyrerin geopfert und vielen das Leben gerettet.

22. Kapitel

Eine Hochzeit

Durch die Sorge um Siegfried war der Wunsch seines Sohnes Peter bei Wolfgang etwas in den Hintergrund gerutscht. Gisela erinnerte ihn nun aber wieder daran, das er mit dem Nachbarn noch reden wollte. Wolfgang hatte mit Karl, dem Nachbarn, gemeinsam in vielen Kriegen gekämpft und so würde er da bestimmt keine Schwierigkeiten haben, ihn um die Hand seine Tochter Edith für seinen Sohn zu bitten.

An einem Sonntag, nach dem Gottesdienst, ging er in das Haus seiner Nachbarn. Die Tür stand offen und Martha, Karls Frau, stand in der offenen Tür. Wolfgang fragte sie wo Karl sei und Martha zeigte auf den Stall neben dem Haus. Da trat Karl auch schon aus der Stalltür und sah den Freund zu sich herüber kommen. Beide begrüßten sich mit einem Handschlag und Wolfgang kam schnell auf den Grund seines Besuches zu sprechen. Karl lud ihn an den Tisch in seinem Haus. Er schenket ihnen zwei Becher Bier ein und zusammen stießen sie auf die zukünftige Verbindung ihrer beiden Familien an.

Für Beide wurde es ein langer Abend und nachdem die Sonne schon lange untergegangen war kehrte Wolfgang in sein Haus zurück. An der Tür wartete Peter auf den Vater und war sichtlich gespannt, über den Ausgang der Gespräche. Durch das viele Bier war aber an diesem Abend keine Antwort mehr von Wolfgang zu erhalten. Erst am nächsten Morgen konnte Peter die Entscheidung der beiden Familienoberhäupter erfahren. In dieser Nacht schlief er sehr schlecht, immer wenn er versuchte einzuschlafen dachte er an Edith und das diese Entscheidung für den Rest seines, oder besser ihrer beiden, Leben bestimmend sein würde. Wie hatten die beiden Männer entschieden?

Edith im Nachbarhaus war genauso gespannt auf die Entscheidung und nach Sonnenaufgang setzten sich die beiden Väter mit Edith und Peter zusammen an einen Tisch. Die Hochzeit war für den nächsten Sonntag abgesprochen worden und sowohl Peter als auch Edith fiel ein großer Stein vom Herzen. Nun hatten sie noch ein paar Tage Zeit den Umzug Ediths in das Nachbarhaus vorzubereiten und abzusprechen. Zusammen mit den beiden Müttern bereitete Edith alles vor und Peter sprach mit dem Pfarrer sowie seinem Vater die Hochzeit ab.

Peter wollte zu seiner Hochzeit auch seinen Onkel Siegfried einladen, der nun schon ein paar Monate im Kloster lebte, darum ritt er eines Morgens los, um die Einladung persönlich zu überbringen. Er ritt sehr schnell, so dass er noch am Abend im Kloster angelangt war. Als er an das große Tor klopfte setzte gerade die Dämmerung ein. Sein Onkel öffnete und war sehr überrascht Peter vor dem Tor zu sehen. Schnell erkundigte er sich über die Absicht Peters und war sehr erleichtert, dass der Anlass so ein freudiger war. Er sagte schnell zu und bot Peter eine Übernachtungsmöglichkeit im Kloster an. Gern nahm Peter an und führte sein Pferd in den Stall.

Vor der Nachtruhe beteten Peter und sein Onkel noch in der kleinen Klosterkirche, damit sie auch den Segen Gottes auf der Reise haben würden. Siegfried, der nun Bruder Thomas war, bereitete danach alles für seine Abreise am nächsten Morgen vor, indem er den Abt um ein paar Tage Freigang bat. Der Abt stimmte seinem Ansinnen zu, mit der Auflage, dass er auf dem Rückweg ein kostbares Buch in einer anderen Stadt holen und in das Kloster bringen solle. Für ihn war das auf der Rückreise etwa zwei Tage zusätzlicher Weg, aber er stimmte schnell zu und war froh über die Zusage des Abtes.

Nach der Morgenandacht und dem Frühstück sattelten die Beiden ihre Pferde und machten sich auf den Weg in das kleine Dorf. Bereits am übernächsten Tag sollte Peter heiraten und da wollten sie beide nicht zu spät im Dorf sein. Vom Abt hatten sie ein größere Menge Geld erhalten, um das Buch zu erwerben und diese Menge wollten sie unbedingt behalten. So sahen sie sich immer vor, wenn sie im Wald unterwegs waren, man konnte ja nie wissen, ob nicht irgendwo ein Räuber auf sie wartete. Ein Mönch auf einem Pferd konnte schon die Aufmerksamkeit erwecken, die sie beide nicht wollten.

Gegen Mittag dann aber passierte es doch. In einem kleinen Waldstück, auf der Hälfte des Weges, sprangen zwei Räuber aus dem Gebüsch und zogen Peter vom Pferd. Beim Sturz verlor er sein Schwert und sein Onkel rang mit sich, dieses Schwert nun zu ergreifen. Er wollte nie wieder den Weg des Schwertes gehen, doch hier nun musste er seinem Neffen beistehen. Schnell sprang er vom Pferd und ergriff das heruntergefallene Schwert. Mit zwei Hieben trieb er die beiden Räubern in die Flucht, ohne sie ernsthaft zu verletzen, dann gab er Peter, den er wieder auf die Beine geholfen hatte, das Schwert und dieser verfolgte die beiden Räuber noch ein Stück in den Wald hinein, bevor er sie aus den Augen verlor.

Schnell waren beide wieder auf dem Pferd und genauso schnell hatten sie das gefährliche Waldstück hinter sich gelassen. Als sie wieder auf dem Weg waren bedankt sich Peter, aber sein Onkel war über das Einschreiten sehr betrübt. Peter hielt ihm entgegen, dass es ihm vermutlich schlecht ergangen wäre, wenn er nicht eingegriffen hätte, er hatte ja niemanden ernsthaft verletzt und sich nur verteidigt. Der Onkel nickte und war froh, dass es so glimpflich abgegangen war. Er würde im Kloster eine Messe für die Seelen der beiden Räuber abhalten.

Gegen Abend, noch bevor das Tor schloss, waren sie beide im Dorf angelangt. Wolfgang begrüßte seinen Bruder, bat ihn in seinem Haus zu übernachten und nicht in der Schänke, was dieser gern annahm. Beim Abendessen kamen sie auch auf den Räuberüberfall zu sprechen und auch Wolfgang war Peters Meinung.

Am Sonntag war die Kirche festlich geschmückt und nach dem Gottesdienst segnete der Pfarrer die Eheschließung von Peter und Edith. Nach dem Gottesdienst gingen die beiden Familien in die kleine Schänke und feierten dort bis zum Abend. Nach der Feier führte Peter seine Edith in das Haus seiner Eltern und damit war die Ehe geschlossen. Am nächsten Morgen brachten die Eltern von Edith die Morgengabe für ihre Tochter zum Haus von Wolfgang, wo die beiden frisch getrauten Eheleute diese Gaben dankend in Empfang nahmen.

23. Kapitel

Der Bruch der Freundschaft

Am Morgen nach der Hochzeit machte sich Siegfried auf den Weg, das kostbare Buch zu holen. Wolfgang würde seinen Bruder begleiten, um ihn zu beschützen und gleichzeitig, um bei ihm Rat einzuholen, was er dem Herzog sagen sollte. Schweigend verließen sie das Dorf und ritten den Waldweg entlang. Nach einer Weile rang sich Wolfgang durch mit dem Bruder zu sprechen. Unter dem Siegel der Verschwiegenheit erklärte er ihm, dass er den Dienst beim Herzog niederlegen wolle. "Was soll ich aber dem Herzog sagen? Wie soll ich diesen Entschluss begründen?" fragte Wolfgang und nach einer Weile antwortete sein Bruder "Du musst die Wahrheit sagen, auch wenn sie schmerzt. Alles andere wäre falsch und führt nur dazu, dass du den Herzog gegen dich aufbringst." Wolfgang nickte. Daran hatte er auch gedacht und nun, durch die Bestätigung seines Bruders, hatte er den Entschluss endgültig gefasst.

Ein paar Tage nach seiner Rückkehr machte sich Wolfgang wieder auf den Weg. Er verabschiedete sich von seiner Frau und war sich nicht so sicher, ob er sie wieder sehen würde. Was würde der Herzog sagen? Der Weg nach Braunschweig war lang und er hatte noch ein paar Tage zum Überlegen, aber wie er es auch immer betrachtete, der Ratschlag seines Bruders, immer die Wahrheit zu sagen, war der richtige Weg.

In der Burg des Herzogs angelangt brachte er zuerst sein Pferd in den Stall, bevor er die Treppe hinaufging. Jede Stufe nahm er mit Bedacht und je weiter er nach oben kam, umso entschlossener war er. Oben angekommen musste er ein paar Minuten warten, da der Herzog gerade über einen seiner Untertanen Gericht hielt. Wolfgang dachte sich, dass dies kein gutes Zeichen sein würde, doch er blieb bei seiner gefassten Meinung. Schließlich kam Heinrich auf ihn zu und begrüßte ihn. Er wollte wissen, was Wolfgangs Begehr sei und dann platzte es aus Wolfgang heraus. "Ich werde das Löwenbanner nie wieder tragen und ich werde auch nicht mehr in den Krieg ziehen. Bitte entbinde mich von meiner Pflicht zum Kriegsdienst." Augenblicklich herrschte Ruhe in dem Saal. Das hatte noch niemand gewagt zu sagen.

Herzog Heinrich durchbrach nach einer Weile die Stille mit den Worten "Ich entbinde dich von deiner Pflicht. Verschwinde und tritt mir nie wieder unter die Augen." dabei wendete er sich von Wolfgang ab und dieser verschwand zügig aus dem Saal, bevor es sich der Herzog noch einmal anders überlegen würde. Schnell rannte er die Treppe hinunter und ging zum Stall hinüber. Er sah nicht, das der Herzog oben am Fenster auf ihn herab sah. Die Freundschaft zwischen den beiden, die vor vielen Jahren begann, als Wolfgang ihn gerettet hatte, war nun für immer zerbrochen. Bevor Wolfgang die Burg verlassen hatte ging Heinrich wieder zurück in den Saal und nahm seinen Geschäfte wieder auf, so als ob nichts gewesen sei.

Viel schneller als er gekommen war ritt Wolfgang wieder zurück in sein Dorf. Von nun an würde Karl alle wichtigen Angelegenheiten führen und die Verwaltung des Dorfes übernehmen müssen, aber das war es Wolfgang Wert gewesen. In der Hälfte der Zeit des Hinweges war er wieder zu Hause und erzählte alles erst seiner Familie und danach Karl. Sein Freund legte ihm die Hand auf die Schulter und sagte ihm "Ich übelnehme gern die offiziellen Aufgaben, aber du bleibst hier im Dorf für die Verwaltung verantwortlich." Wolfgang dankte dem Freund dafür.

Jetzt, da der Herzog seine Hand nicht mehr schützend über Wolfgang hielt, musste er bei allem, was er sagte oder machte, vorsichtig sein. Bei jeder Entscheidung holte er sich vorher den Rat seiner

Freunde ein. Regelmäßig trafen sie sich in der Schänke und berieten sich über die Dinge, die in der jeweiligen Woche vor ihnen lagen. Gemeinsam trafen sie dann die Entscheidung und die verschiedenen Mitglieder dieser Versammlung waren dann für bestimmte Aufgaben verantwortlich.

Das Leben ging seinen gewohnten Weg in dem Dorf, die Jahreszeiten kamen und gingen. Mittlerweile war es das Jahr 1162 geworden und Peter arbeitete immer noch in dem kleinen Bergwerk. Mit Edith hatte er bereits einen kleinen Sohn und das zweite Kind war unterwegs. Sie lebten zu Dritt in dem Haus, das einst Siegfried gehört hatte und das dieser ja nun, da er im Kloster lebte, nicht mehr brauchte. Jeden Morgen verabschiedete Edith ihren Mann, wenn dieser zu Arbeit ging und sie wartete an der kleinen Hütte abends, dass er zurück kam. Jeden Tag, wenn er aus dem Haus war, ging sie zu der kleinen Marienstatue vor der Kirche und betete für die sichere Heimkehr des Mannes, so wie dieser vor dem Stollen ebenfalls zu der dort aufgestellten Marienstatue betete.

Gisbert, der Leiter des Bergwerks, erhielt in diesem Jahr vom Herzog den Auftrag in den südlich gelegenen Bergen nach Silber zu suchen. Das kleine Bergwerk hier im Ort war nicht ganz so ertragreich wie viele erhofft hatten und der Stollen war hier bis jetzt etwa 300 Fuß lang. Gisbert kam auf Peter zu und fragte ihn, ob er nicht mit auf diese Suche gehen wollte. Peter hatte bisher immer die richtige Ahnung gehabt und Gisbert vertraute auf Peters Gespür. Am Abend beriet er sich dann mit Edith und am nächsten Tag sagte er zu. Zusammen mit Berthold wollte er das Abenteuer wagen und für seine Familie eine neue Zukunft aufbauen.

Sie packten all ihre Habe auf einen Karren und verabschiedeten sich von ihren Familien, zusammen mit Gisbert und dessen Familie machte sich die kleine Gruppe auf den Weg in Richtung Süden, zu dem kleinen Gebirgszug, der später mal den Namen Erzgebirge bekommen sollte, von dem aber im Moment nur Ahnungen vorhanden waren, was dort zu finden sei. Wolfgang, Gisela, Karl und die Familien standen am östlichen Tor und schauten den Wagen noch lange nach, auch als diese schon hinter dem Berg verschwunden waren. Würden sich die Familien irgendwann mal wieder sehen? Ein jeder wünschte dem anderen Glück über die Entfernung.

Bedächtig und schweigsam gingen die Familien wieder in ihre Häuser zurück und genauso schweigsam fuhren die anderen ihrer neuen Heimat entgegen. Bereits am Abend hatten sie das neue Dorf erreicht und bezogen ein vorläufiges Quartier in einer Schänke. Peter war sich sicher, dass es hier Silbererz geben würde und bisher hatte er sich noch nie getäuscht.

24. Kapitel
Neue Wege

Es war wieder Frühjahr geworden und Wolfgang ging mit dem Pflug hinter den Ochsen über das Feld. Johannes, Wolfgangs jüngster Sohn, gerade erst zehn Jahre alt geworden, führte die Ochsen und Wolfgang drückte mit aller Kraft den Pflug in den Boden. Trotz des nicht allzu warmen Wetters schwitzte Wolfgang durch die schwere Arbeit. Bereits seit dem Morgen waren sie bei der Arbeit und nun ging es gegen Mittag. Als er die Glocke der Kirche, in der größten Mittagshitze, läuten hörte, führte er die Ochsen, nachdem er sie aus dem Pflug gespannt hatte, zu einer kleinen Baumgruppe am Rande des Feldes.

Johannes und Wolfgang setzten sich unter einen Baum, während einer der Ochsen ein paar Gräser fraß, danach zu dem anderen ging und in dem kleinen Bach seinen Durst löschte. Wolfgang schaute auf das kleine Dorf hinunter und dachte sich, was sich alles in den letzten fünfzehn Jahren hier verändert hatte. Nun sah er auch Gisela, die mit einem Korb am Feld entlang auf die beiden zuging. Sie hatte einen Krug mit Bier und ein paar mit Speck belegte Brote zur Stärkung dabei. Das Brot hatte sie am Morgen hinter dem Haus im Ofen gebacken und es war noch warm, als die beiden Feldarbeiter es gierig verschlangen. Sie legte Johannes die Hand auf den Kopf und strich sanft über sein Haar, dann setzte sie sich neben die Beiden in das Gras.

Wenn sie so über das Dorf nach Süden schaute dann dachte sie an den Sohn, der mit Frau und Kindern dort unten im Süden arbeitete. Im Winter waren sie und Wolfgang dort zu Besuch gewesen und sie beide hatten sich von der guten Arbeit überzeugen können, die ihr Sohn dort im Berg leistete. Nach einer Weile der Ruhe packte sie alles wieder in den Korb und verabschiedete sich von den Beiden, die auch sofort wieder auf ihr Feld an die Arbeit gingen.

Auf dem Heimweg schaute Gisela auf das schmucke Dorf, mit seinen roten Hauswänden. Über ihr zogen die ersten Gänse vom Süden an die nahe gelegenen Teiche. Der Frühling war im vollen Gange, mit der neuen Jahreszeit und dem bestimmt bald keimenden Getreide begann ein neues Arbeitsjahr hier im Dorf. Solange alles friedlich bleiben würde brauchte niemand etwas zu befürchten. Von Wolfgangs Bruder hatte sie erfahren, dass er bald in dem, im Nachbardorf neu gegründeten, Kloster arbeiten und lernen würde. Da wäre der Weg nicht so weit für einen Besuch und sie beide wollten da in den nächsten Tagen mal hin reiten.

Am Abend führten Wolfgang und Johannes die Ochsen durch das Tor in das Dorf hinein. Am Tor grüßte sie Karl, der heute dort Wache halten sollte und der hinter den beiden das Tor verschloss. Wolfgang und Karl verabredeten sich für den Abend in der Schänke, so wie sie es in der letzten Zeit öfters taten. Bald würde die Feldarbeit wieder mehr werden und da hätte Wolfgang bestimmt keine Zeit mehr dafür.

Als die beiden Feldarbeiter an der kleinen Marienstatue vorbei kamen dankten sie ihr für all das, was sie besaßen und für den Reichtum, den die Natur ihnen bescheren würde. An der kleinen Hütte wartet Gisela auf ihre Männer, so wie es viele Frauen im Volke der Sachsen jeden Tag machten und auch sie dankte der kleinen Statue, für das was sie besaß. Ein jeder Tag war wie der andere und doch war es immer ein neuer Weg den man beschritt. Tag für Tag.

Von Uwe Goeritz ebenfalls beim Verlag BoD erschienen (BoD – Books on Demand, Norderstedt, nähere Informationen finden Sie unter www.BoD.de)

"Schicha und der Clan des Bären"
die ISBN lautet 978-3-7386-0262-3

"Diese Geschichte spielt in der Steinzeit, als unsere Vorfahren dazu übergingen sesshaft an einem Platz zu leben. Es war der Beginn der Siedlungen, von Viehhaltung und gezieltem Anbau von Pflanzen. Die Schwierigkeiten der ersten Siedler und die Gefahren in ihrer Umwelt werden deutlich gemacht."

108 Seiten für 7,90 Euro

"In den finsteren Wäldern Sachsens"
die ISBN lautet 978-3-7357-7982-3

"Diese Geschichte spielt von 764 bis 802 in den Völkern der Sachsen und Franken. Matthias, ein Franke, und Thorsten, ein Sachse, haben beide ihre Familien in den Sachsenkriegen verloren. Nach kämpfen gegeneinander werden sie Freunde und müssen sich den täglichen Anforderungen des Lebens stellen. Im Kontext des Krieges von Karl dem Großen gegen die Sachsen muss sich ihre Freundschaft bewähren wenn Frieden zwischen den Völkern herrschen soll."

108 Seiten für 7,90 Euro

**"Der Gefolgsmann des Königs"
die ISBN lautet: 978-3-7357-2281-2**

"Die Geschichte spielt um das Jahr 950 im Volke der Sachsen in der Nähe des heutigen Magdeburg. Berthold ist als Oberhaupt nach dem Tod seines Vaters für die Geschicke des Dorfes verantwortlich. Zusammen mit seiner Frau Johanna, seinen Brüdern, seiner Heilkundigen Schwester Edith und den anderen Bewohnern im Dorf bewältigt er die täglichen Herausforderungen des Lebens in einer Zeit in der das Christentum und die Einigkeit des deutschen Volkes noch ganz am Anfang stehen. Als König Otto zum Kampf gegen die Ungarn ruft, werden Berthold und die Seinen auf eine harte Probe gestellt."

116 Seiten für 7,90 Euro

Aktuelle Informationen und Neuerscheinungen finden sie immer im Internet unter **www.Goeritz-Netz.de**